Christian Schacherreiter

Das Liebesleben der Stachelschweine

Christian Schacherreiter

Das Liebesleben der Stachelschweine

Roman

Rezensionsexemplar
Otto Müller Verlag
Ernest Thun Strasse 11
5020 Salzburg
0043-(0)662-881974-74
presse@omvs.at

Sperrfrist: 23.02.2022

OTTO MÜLLER VERLAG

Die Drucklegung dieses Buches wurde gefördert
von den Kulturabteilungen des
Landes Oberösterreich sowie Stadt und Land Salzburg.

www.omvs.at

ISBN 978-3-7013-1294-8

Satz: MEDIA DESIGN: RIZNER.AT
Druck und Bindung: Finidr s.r.o., Český Těšín
Covergestaltung: Leopold Fellinger

Eine Gesellschaft Stachelschweine drängte sich an einem kalten Wintertage recht nahe zusammen, um durch die gegenseitige Wärme sich vor dem Erfrieren zu schützen. Jedoch bald empfanden sie die gegenseitigen Stacheln, welches sie dann wieder von einander entfernte. Wann nun das Bedürfnis der Erwärmung sie wieder näher zusammenbrachte, wiederholte sich jenes zweite Übel, so daß sie zwischen beiden Leiden hin- und hergeworfen wurden, bis sie eine mäßige Entfernung von einander herausgefunden hatten, in der sie es am besten aushalten konnten.
So treibt das Bedürfnis der Gesellschaft, aus der Leere und Monotonie des eigenen Innern entsprungen, die Menschen zueinander; aber ihre vielen widerwärtigen Eigenschaften und unerträglichen Fehler stoßen sie wieder von einander ab. […] Wer jedoch viel eigene innere Wärme hat, bleibt lieber aus der Gesellschaft weg, um keine Beschwerde zu geben, noch zu empfangen.

Arthur Schopenhauer,
„Parerga und Paralipomena“ (1851)

DAS PERSONAL

Dietrich Pernauer, seine Familie, sein Umfeld

Generation Krieg und Hakenkreuz

Opa Josef (1918–2004)
Oma Agnes (1918–1991)
Onkel Heinz, Josefs Bruder (1920–1995)
Tante Berta (1922–2000), Heinz' Ehefrau

Generation Nachkriegszeit und Wiederaufbau

Mutti Hildegard (*1944)
Vati Otto (1941–1999)
Onkel Harald, Hildegards Cousin (1946–1996)
Waldemar (*1949), Reingards Lebensgefährte, verheiratet mit Annegret

Generation Friedenszeit und Postmoderne

Joachim (*1968)
Birgit, seine Ehefrau (*1973)
Jens (*2009) und Nils (*2013), ihre Söhne
Hannelore (*1971), verheiratete Lichtenstein (New York)
Dietrich (*1975)
Reinhard und Reingard, Zwillinge (*1981)
Rebekka, Reinhards Lebensgefährtin (*1980)
Sarah, Rebekkas Tochter aus erster Ehe (*2014)

Dr. Gernot Brunmayr, Rechtsanwalt
Die Neugermanen

Hans-Werner Hänsel, seine Familie, sein Umfeld

Hans-Werner Hänsel (*1974)
Hänsels Eltern (*1948)
Mag. Romana Jovanovic, Hänsels Lebensgefährtin (*1981)
Mira, Romanas Tochter aus erster Ehe (*2006)
Alma, Romanas und Hänsels Tochter (*2013)
Astrid, Hänsels erste Ehefrau (*1973)
Viktor, Hänsels Sohn aus erster Ehe (*1998)

Margarete „Gretel" Maurer, spätere Kantor (*1975)

Dr. Severin Voglgruber, Rechtsanwalt
Dr. Martha Voglgruber, seine Tochter, Rechtsanwältin
Dr. Markus Urban, ihr Lebensgefährte
Die Parteifreund*innen

1
Jede Familie ist auf ihre Weise seltsam

Eine Nazifamilie! Reden wir nicht drum herum! Diese Familie ist eine Nazifamilie! – So wird es auch diesmal enden, dachte Dietrich, hämisch eingeigelt in sein böses Vorvergnügen. Wie jedes Jahr zur Sommersonnenwende werden spätabends am Lagerfeuer die Aversionen des Pernauer Germanenbluts hochkochen und die braune Brühe zum Überlaufen bringen. Und wieder einmal wird es der alkoholisierte Reinhard sein, der nach turbulentem Gespräch unter dem Sternenhimmel hohnlachend verkünden wird: Diese Familie ist eine Nazifamilie! Mutti wird aufschluchzen. Joachim wird seinen ungezogenen kleinen Bruder väterlich maßregeln: Schweig jetzt, Reinhard, du hast getrunken! Aber Reingard wird ihrem hassgeliebten Zwillingsbruder therapeutisch beispringen: So lass ihn doch! Das muss raus aus ihm! Soll er daran ersticken?

Nazifamilie, dachte Dietrich, das ist doch übertrieben, aber wir lassen sie nicht verdunsten, unsere gruselige Aura, obwohl die drei Parteigenossen Onkel Heinz, Tante Berta und Opa schon seit Jahren vor sich hinstauben in ihren Urnen. Ich glaube, wir brauchen das. Nazifamilie. Huh! Auch das Böse gibt Profil.

Böse war Opa eigentlich nicht. Nach Dietrichs Einschätzung war er der Harmloseste im braunen Trio, ein glühender Nazi der ersten Stunde zwar, wie er freimütig bekannte, mit siebzehn schon Illegaler, aber nie mehr als ein einfaches Parteimitglied. Im Krieg wurde der Medizinstudent als Sanitäter an der Westfront eingesetzt, wo er sich elegant und unauffällig durch die Jahre schlängelte. „Auf die Franzosen!", sagte Opa, wenn er des Erbfeinds feine Weine trank, „ich mochte sie immer, auch im Krieg, ein altes, stolzes Kulturvolk. Wenn die 1919 ihre Scharfmacher unter Kontrolle gebracht hätten, dann gäbe es die deutsch-französische Freundschaft schon seit den Zwanzigern." Siebenundvierzig holte Opa seinen Abschluss nach und ließ sich am Land als Allgemeinmediziner nieder, mit ihm seine Frau Agnes und der fünfjährige Otto, gezeugt während eines Heimaturlaubs.

Opas Bruder Heinz Albert saß 1947 noch im Gefängnis. Bei SS-Männern schauten auch die Amerikaner genauer hin, aber die wenigen Aussagen über Heinz Alberts Beteiligung an Kriegsverbrechen in der Ukraine blieben zu vage, um daraus eine überzeugende Anklage zu machen. Onkel Heinz wurde freigesprochen, studierte in Rekordzeit Jura und trat in die Anwaltskanzlei eines ehemaligen Parteifreundes ein, in der er bald Partner wurde. Er war Mitglied des VdU, hielt sich aber politisch im Hintergrund, überließ die Aktivitäten seiner Frau Berta. Als *leidenschaftliche* BDM-Führerin – so ihre Selbstdarstellung – habe sie wertvolle Erfahrungen gesammelt, die eine junge Partei in der Aufbauphase gut brauchen könne, hauptsächlich im Organisatorischen.

In der Großfamilie wusste man, dass Berta und Heinz Albert jährlich am 20. April in ihrem Partykeller bei zugezogenen Vorhängen *engste Freunde* zu einer *kleinen Festveranstaltung im privaten Kreis* empfingen. Das soll man gar nicht ernst nehmen, das ist wie Fasching, sagte Opa, der selbst nie teilnahm. Über Hitler war er sich nicht einig mit seinem Bruder und noch weniger mit seiner Schwägerin. Berta ist ein Trampel, sagte Opa, ein Zellhaufen dummer Sinnlichkeit. Die träumt immer noch davon, mit Adolf einen neuen deutschen Siegfried zu zeugen. Dabei war der Führer impotent wie ein Zugochse. Na ja, und Bertas Schoß ist ja auch unfruchtbar geblieben.

Opa war davon überzeugt, dass der Nationalsozialismus als Idee groß und gut war, dass Hitler ihn missbraucht, verraten, nicht verstanden, diskreditiert und letztlich ruiniert hat. Ich war ein Mann der Konservativen Revolution, Alfred Rosenberg und Ernst Jünger, der Mythos des 20. Jahrhunderts und der Krieger im Stahlgewitter, das waren meine Jugendideale, sagte Opa, ja, ich war ein Idealist. Hitler war ein bauernschlauer Parvenü, ein neurotischer Scharlatan, dem der brave deutsche

Michel naiv nachgelaufen ist – und dumme Weiber wie unsere Berta.

Korporiert waren sie alle, wenn auch in unterschiedlichen Verbindungen. Korporiert sind wir Pernauers seit 1874, sagte Opa, das war so, das ist so und das soll so bleiben. Es ist auch so geblieben, dachte Dietrich, Vati war korporiert, Joachim ist es und ich bin es auch. Nur Reinhard ist es nicht, natürlich nicht ...

„Reinhard, schau mal kurz her!“, rief Dietrich und drückte mehrere Male auf den Auslöser, bis er seinen bezaubernden kleinen Bruder so affenartig im Bild hatte, wie er ihn haben wollte. Weiße, weite Seglerhose, cremefarbenes Gilet, kragenloses Leinenhemd, den breitkrempigen Panamahut in den Nacken geschoben, die Sonnenbrille in der einen Hand, in der anderen den goldenen Zigarettenspitz aus dem Nachlass von Onkel Harald. So posierte Reinhard und setzte sein Dandy-Lächeln für Sonn- und Feiertage ein. Fragte ihn jemand nach seinem Beruf, dann antwortete er halb raunend, halb seufzend: *Flanierender Weltensammler*! Diese eitle Flasche ist mein Bruder, dachte Dietrich. *Weltensammler*! Sammler abgebrochener Studien und gesperrter Bankkonten, das ist die treffende Antwort! Wenn Mutti ihm nicht sein halbes Erbe vorgeschossen hätte, würde er längst durch die Obdachlosenwelt flanieren. Reinhards Kapital waren die angeborene Schönheit und die ebenso unverdiente Präsentationskompetenz. Niemand konnte Hilfsbedürftigkeit so charmant an die Frau bringen wie er.

„Rebekka, schau mal kurz her!“, rief Dietrich, dem bei Familienfeiern immer die Rolle des Fotografen aufgedrängt wurde. Dadurch kam er selbst nie ins Bild, was er manchmal als Vorteil, manchmal als Nachteil sah. Rebekka strich unsicher lächelnd das lange braune Haar aus dem Gesicht und lehnte sich spontan an ihren Reinhard, Arm in Arm, Wange an Wange, ein Leib und ein Blut, spirituell betrachtet. Rebekka war Religionspädagogin, die Fleisch gewordene Güte, Reinhards Schutzmantelmadonna, wie Joachim spöttelte. Dietrich waren sie rätselhaft, diese Frauen, die Serienmördern warmherzige Briefe ins Gefängnis schickten oder jahrelang prügelnde Alkoholiker ertrugen, in der Überzeugung, ihre selbstlose Liebe könne ruinierte Charaktere heilen. Das ist nicht nur maßlose Güte, dachte Dietrich, das ist auch maßlose Selbstgefälligkeit.

Ganz so schlimm lag die Sache bei Rebekka nicht. Sie hatte drei Jahre in der Entwicklungshilfe gearbeitet. Aus Burkina Faso hatte sie ihren ersten Ehemann Samuel mitgebracht und eine gottgewollte Schwangerschaft, die nach der Geburt auf den Namen Sarah getauft wurde. Das Negerpüppchen, dachte Dietrich, wie alt ist sie jetzt? Vier oder schon fünf? Samuel war, als er Rebekkas letztes Sparbuch leergeräumt hatte, ohne Angabe von Gründen wort- und spurlos verschwunden. Rebekka hatte um den Verschollenen lange getrauert, ihm aber längst verziehen. „Dass er mir drei Jahre lang sein befreites Lachen geschenkt hat, wiegt alle Reichtümer dieser Welt auf." O ja, solche Sätze sagte diese Frau!

Reinhard bemühte sich, einen ganz großartigen Ersatzvater zu markieren, den der Himmel geschickt hatte. Solange Rebekka alles Alltägliche übernahm, war das kein Problem für ihn. Er alberte gerne ein bisschen herum mit den kleinen Rackern.

„Sarah, schau mal kurz her", rief Dietrich und drückte auf den Auslöser, als die Kleine ihrem muhenden Ersatzvater gerade ein Büschel Gras in den Mund schieben wollte.

„Ich staune immer wieder, wie gut unser Reinhard mit Kindern umgehen kann", sagte Hildegard Pernauer gerührt.

„Weil er die wunderbare Fähigkeit hat, sein inneres Kind zuzulassen. Das verdankt er sicher auch dir, Hildegard. Du warst ihm eine gute Mutter."

O ja, auch solche Sätze brachte Rebekka glaubwürdig über ihre Lippen. Eigentlich schöne Lippen, dachte Dietrich und drückte noch einmal auf den Auslöser. Gütig lag Rebekkas Hand auf dem Unterarm der Greisin. Dietrich lachte. Jede Familie ist auf ihre Weise seltsam.

Während Reinhard mit Sarah sein inneres Kind entfaltete, erledigte Joachim gemeinsam mit seinen zwei Buben die Männerarbeit. Die Sonne stand schon tief, spätestens in einer halben Stunde würde sie hinter den Wipfeln verschwinden, dann sollte das Sonnwendfeuer leuchten. Jens und Nils brachten dicke Scheite vom Holzstoß, legten demonstrativ Lasten auf ihre Arme, die auf die Bärenkräfte der jungen Träger schließen ließen, und ordneten die Scheite nach Joachims Anweisung an. Über die Feuerstelle gebeugt, verhalfen die drei dem Fotografen zu einem kernigen Motiv: Drei Lederhosenhintern vor tief stehender Sonne. Dietrich drückte auf den Auslöser und sagte erst nachher: „Joachim, Jens, Nils, schaut mal kurz he-er!"

Wo war Birgit? Wahrscheinlich in der Küche. Die Herrin der Pfannen und Töpfe. Die Meisterin von Kartoffelsalat und Ofengemüse, aber nicht nur das.

„Birgit, schau mal kurz her!"

„Wenn es sein muss." Sie seufzte und rang sich dann doch ein müdes Kameralächeln ab. Ein Zugeständnis an den werbenden Fotografen.

„Mehr Heiterkeit, werte Frau Schwägerin, wir feiern Sommersonnenwende."

„Hoffentlich zum letzten Mal."

„Wie darf ich das verstehen?"

„Hoffentlich zum letzten Mal hier in dieser Ruine. Du siehst ja, in welchem Zustand die Küche ist. Eure Mutter hat seit einem Vierteljahrhundert nichts mehr investiert."

„Das macht doch nichts. Im Gegenteil. Die Küche fügt sich optimal zum Gesamtzustand der Bruchbude."

Jetzt lachte Birgit und Dietrich drückte auf den Auslöser. Ein gelungenes Bild. Dietrich mochte seine Schwägerin. Eine tüchtige Frau, die anpackte, Geschmack hatte und die Dinge beim Namen nannte, ohne taktlos zu sein. Dietrich fand sie attraktiv, nicht eigentlich schön, aber sinnlich und kraftvoll, ein *Weib* im besten Sinn des guten, alten deutschen Wortes ... *groß und gut, ein biedres deutsches Weib* ... Das hatte er irgendwo einmal so gelesen. Hätte sich Dietrich für Frauen interessiert, dann hätte er seinen großen Bruder um Birgit beneidet.

Salate und Koteletts waren mariniert, Grillkohle und Holzscheite in Brand gesetzt, die Tafel war gedeckt, das Bierfass angeschlagen, da kam – wie immer als Letzte – Reingard mit ihrem Waldemar. Nein, Reingard *kam* nicht, Reingard *erschien*. Die Arme gütig ausgebreitet, das Lächeln tüchtig aufgezuckert, schwebte sie auf ihre Mitmenschen zu und meinte sehr viel zu sagen und zu geben, wenn sie jedem tief in die Augen blickte und seelenvoll hauchte: Mutti ... Birgit ... Reinhard ... und so weiter. In kunstvoll verknotete Tücher war sie heute gehüllt, rot, orange, gelb. Klar, es war Sommersonnenwende und Reingard sah sich im Einklang mit der wirkenden Natur. Aus ihr bezog sie die magischen Kräfte, die teils ins Schöpferische drängten, teils ins Heilsame. Dieselben Frauenhände, die dem formlosen Ton seine Gestalt gaben, konnten auch, einfühlsam aufgelegt auf die richtigen Körperstellen, negative Energiefelder absaugen und positive zuleiten.

Dietrich grinste unschön. Er war sicher, dass es Reingards inspirierte Handauflegung war, die Waldemar dazu veranlasst hatte, nach vierzig Ehejahren seine Frau zu verlassen und der schönen Magierin nachzustellen, die um drei Jahrzehnte jünger war als er. Waldemar war ein reicher Mann. Seiner angehimmelten Lebensgefährtin hatte er ein Haus samt Atelier und Heilpraxis geschenkt.

Dass Waldemars Ehefrau Annegret, mit der er vier erwachsene Kinder hatte, nicht in die Scheidung einwilligen wollte, sorgte in der Familie Pernauer immer wieder für Entrüstung.

„Wie kann man nur so hartherzig und stur sein", schimpfte Mutter Hildegard.

„Gekränkte alte Frauen sind schlechte Verliererinnen", meinte Joachim, auch Reinhard artikulierte sein Unverständnis: „Dass es manchen Leuten so furchtbar schwerfällt loszulassen!"

Reingard, die Hauptbetroffene, erkannte den charakterlichen Schwachpunkt ihrer Kontrahentin. „Der geht es doch nur ums Geld." Rebekka hingegen seufzte: „Ach, Gott, ich hoffe, es gibt eine Lösung, die euch alle glücklich macht."

„Birgit, was meinst denn du? Sag doch auch, dass das eine unmögliche Person ist!", forderte Hildegard, aber Birgit blieb ausdrucksarm und wortkarg: „Ich kenne sie nicht."

Dietrich führt seine Kamera von Motiv zu Motiv: Koteletts brutzeln appetitlich auf dem Holzkohlengrill. Klick. Joachim schlägt das Bierfass an. Klick. Der erste Schwall landet auf seinem Trachtenhemd. Verdutztes Joachim-Gesicht. Schadenfrohes Gejohle. Klick. Klick. Klick. Reinhard räkelt sich barfüßig im Liegestuhl und singt dröhnend *Wenn der Sommer nicht mehr weit ist …* Na meinetwegen, denkt Dietrich. Klick. Und jetzt: Rebekka und Birgit tragen Brot, Salat und Gemüse aus der Küche in den Innenhof und werden mit Applaus und Ahhh-Lauten empfangen. Klick. Klick. Reingard stößt mit Hildegard an, sie hebt das Prosecco-Glas und sagt auf ihre unvergleichliche Art: *Mutti, auf einen Sommer, reich an Wundern …* Klick? Nein. Dietrich weiß, wie gut Reingard auf diesem Foto wieder aussehen wird. Das gönnt er ihr nicht. Reingard gehört zu den wenigen Menschen, an denen selbst ein fotografierender Mephisto scheitern würde. Du meinst, du hättest die Dummheit fotografiert, die Verlogenheit entlarvt, die Obszönität an den Pranger gestellt. Aber was siehst du auf dem Bild? Den Geist, die Unschuld, den Liebreiz. Unerträglich! Gäbe es einen gerechten Gott, würde er blonde Stirnlocken und himmelblaue Augen verbieten!

Jens und Nils sprangen über das Sonnwendfeuer und überboten einander mit mutigen Posen. „Vorsichtig, Nils, nicht aufs Denken vergessen!", warnte Birgit ihren Jüngeren, aber dann war es der ältere Jens, der die Großen mit einer spektakulären Pirouette beeindrucken wollte, dabei in unvorteilhafte Schräglage geriet, beim Aufsetzen stürzte und nach drei Sekunden Schockgesicht in kreischendes Flennen ausbrach. „Plärr nicht so kindisch", ärgerte sich Joachim, „ist ja nichts passiert."

„Essen ist fertig", rief Waldemar, der sich um das Grillgut gekümmert hatte.

Essen! Dietrich greift schnell zur Kamera, denn das ist für ihn die beste Zeit. Der Mensch mag sich noch so sehr um kultiviertes Verhalten bemühen; wenn er isst, wird das Tierische sichtbar und bietet immer das eine oder andere Motiv für einen blamablen Schnappschuss. Dietrich lauert mit Adleraugen: Womit müht sich denn Mutti da ab? Mit einer Flachse oder mit ihrem dritten Gebiss? In Rebekkas Mundwinkel klebt ein herzförmiges Salatblatt. Skurril. Joachim fährt, bevor er den Bierkrug ansetzt, seine Lippen aus wie einen Schweinerüssel. Reinhard quatscht immer, also auch mit vollem Mund. Grauslich, denkt Dietrich und freut sich. Klick. Klick. Klick.

„Du bist doch auch noch spät Mutter geworden", sagte Rebekka zu Birgit und nahm einen großen Schluck vom Rotwein.

„Na ja, bei Nils war ich vierzig. Warum fragst du?"

„Ich bin jetzt neununddreißig."

„Bist du schwanger?"

„Nein, aber Reinhard und ich sollten auch ein gemeinsames Kind haben, finde ich, das würde unsere Liebe stärken."

„Aha … Sieht er das auch so?"

„Irgendwie – schon."

„Irgendwie?"

„Grundsätzlich wünscht er es sich auch. Aber er meint, er sei noch nicht so weit. Er hat dafür ein berührendes Bild."

„Da bin ich mir sicher. Ist es zitierbar?"

„*Meine Vagabundenseele muss in diesem Leben weite Wege gehen.*"

„Meine Güte!"

„Rebekka! Birgit! Schaut mal kurz he-er!" Dietrich gönnte seinen Schwägerinnen dieses nette Motiv: Vertrauliches Frauengespräch. Das dunkle Blau von Birgits Sommerdirndl. Das etwas hellere Petrol von Rebekkas Shirt. Vor den Frauen die halb gefüllten Rotweingläser, hinter ihnen die Wand mit wildem Wein. Klick. Ausnahmsweise kein Meuchelbild!

„So, Dietrich, jetzt ist aber Schluss mit Fotoshooting!“, sagte Birgit. „Du hast noch nichts gegessen und bist selbst sicher auf keinem einzigen Bild zu sehen. Gib mir die Kamera und hol dir was vom Grill, bevor meine Jungs ihn leer gefressen haben.“

Birgit nahm ihm die Kamera aus der Hand, halb zog sie, halb riss sie, richtete sie auf sein verdutztes Gesicht, klick, dann auf den ganzen Mann, klick, dann schob sie ihn bestimmt zwischen Joachim und Waldemar. Klick. „Schau mal, Dietrich, das bist jetzt du. Jeder hat seine hübschen und seine weniger hübschen Ansichten.“

Birgit gab ihm die Kamera zurück und drehte mit Entschiedenheit ab. War sie verärgert? Hatte sie ihn durchschaut? War das die Strafe, dass er sich jetzt selbst im Kasten hatte? Dietrich unplugged, das pure Menschenkind. Das verdross ihn. Weniger das Profilbild, auch wenn es etwas teigig wirkte. Was ihn mehr erschreckte, war die Totale, seine Jämmerlichkeit zwischen Waldemar und Joachim. Der Bruder zur Rechten war um einen halben Kopf größer, trainierte Männlichkeit in der Krachledernen, braungebrannt vom letzten Segeltörn. Waldemar zur Linken war zwar mit seinen siebzig Jahren erkennbar ein alter Mann, etwas gebückt und o-beinig, aber Kraft ging immer noch aus von diesem weißhaarigen Schwergewicht. Zwischen diesen Ikonen des Patriarchats wirkte der untersetzte Dietrich mit seinem schütteren Haupthaar filigran, fast feminin, irgendwie zappelig, und das Bierbäuchlein war ihm drangeklebt wie eine schlechte Pointe auf einen falschen Witz. Sah so ein Dietrich aus? Benannt nach Dietrich von Bern, dem großen mythischen Helden aus dem *Nibelungenlied*, historisch rückführbar auf einen tatsächlich Großen, den Ostgotenkönig Theoderich, nicht nur Eroberer, Verwalter und Gestalter der weströmischen Konkursmasse, sondern auch vernunftverheiratet mit Audofleda, Tochter des Merowingers Childerich I. und der Basena von Thüringen. Ein männlicher Spross war diesen Eheleuten nicht geschenkt, *nur* eine Tochter – aber was für eine! Gregor von Tours erzählt, dass Amalasuntha mit einem Sklaven durchgebrannt ist und ihre Mutter mit einem vergifteten Abendmahlskelch ermordet hat.

Na bravo! Eine feine Familie ist das, der Dietrich seinen Vornamen verdankt. Aber immerhin, eine Familie. Dietrich hatte noch immer keine gegründet. Mutti sah es mit Sorge und Argwohn, das wusste er. Nie hatte er ihr eine Freundin vorgestellt, nicht einmal ein lustiges Urlaubsfoto von der Ostsee geschickt, das ihn verliebt gezeigt hätte in irgendeine Karin aus Kiel oder eine Wiebke aus Flensburg. Dietrich hatte einmal gelauscht, als sich Mutti im Nebenzimmer mit gesenkter Stimme an Joachim gewandt hatte: Müssen wir uns um

Dietrich Sorgen machen? – Sorgen? Um Dietrich? Warum denn? – Ich meine, er wird doch wohl ein normales, gesundes Mannsbild sein. – Ach, das meinst du. – Rede du doch einmal mit ihm. Vati ist tot, du bist der ältere Bruder.

Joachim hatte nie mit ihm geredet, obwohl er längst in die Rednerrolle hineingewachsen war. Gleich wird er das Wort zur Sommersonnenwende ergreifen, das Tradition war im Hause Pernauer. Ihr Gründer war Onkel Heinz. Er hatte das großfamiliäre Sonnwendfest angeregt, damals, in den Sechzigern, als die Tracht noch obligatorischer Dresscode war und Heinz Albert klare Worte gesprochen hatte, *deutsch, fest und ohne Bemäntelung*.

„So hat er immer gesagt, der Heinz Albert“, erinnerte sich Mutti, *„deutsch, fest und ohne Bemäntelung*. Schön hat er gesprochen, von der Familie als Keimzelle, von Sippe und Blut, das noch dicker ist als Gerstensaft. O ja, der konnte schon humorvoll sein, der Onkel Heinz, aber auch ernst und würdig, wenn er von den heiligen Bräuchen der Ahnen sprach, denen die Natur göttlich war.“

„Ja, die Natur“, stichelte Reinhard, „nicht so ein beschnittener Judenbengel aus Nazareth, der sich für Gottes Liebling hielt und sozialromantischen Schwachsinn verzapfte, anstatt mit seinem Volk gegen die römischen Besatzer zu kämpfen. So sagte er das immer, unser lustiger Onkel Heinz.“

„Ach was, das hat er doch nicht böse gemeint. Das war mehr ein Witz“, versuchte Hildegard zu beschwichtigen, aber Reinhard ließ nicht locker, erhob sich und ahmte Heinz Albert nach: „Ihr wisst, ich bin alles andere als ein Judenfreund, aber dass sie diesen Volksverblöder und Jugendverführer am Kreuz sehen wollten, das verstehe ich!“

„Das hat er gesagt?“ (Rebekka, verstört)

„Na ja, manchmal war er vielleicht ein bisschen extrem, der Heinz Albert.“ (Hildegard, nachsichtig)

„Ein unverbesserlicher Nazi war er, braun bis in die Unterhose und nicht nur manchmal.“ (Reinhard, giftig)

„Halte dich bitte zurück, Reinhard, du hast getrunken.“ (Joachim, streng)

Als Vater Pernauer in den frühen Neunzigern von Onkel Heinz die Rednerrolle übernommen hatte, entschärfte er die schneidige Sonnwend-Rhetorik. Den *Judenbengel* und *Volksverblöder* erwähnte er nicht mehr, auch nicht das *Germanenblut, dicker als Gerstensaft*. Otto Pernauer konzentrierte sich auf die Bräuche der Ahnen, Schicksal und Natur, das einige Volk und seine Keimzelle, die Familie. Die soll uns heilig sein – zumindest in der rhetorischen Darbietung, denn im praktischen Leben erlaubte sich Vati die eine oder andere Abweichung. Auf seiner letzten Reise, hinauf in den skandinavischen Norden zum Julfest, hatte ihn, wie die

Familie im Nachhinein erfuhr, eine gewisse Frau Emmeran begleitet. Ihre fürsorgliche Zuwendung hatte aber den damals Achtundfünfzigjährigen auch nicht retten können vor dem plötzlichen Herztod am Fjord, vielleicht sogar im Gegenteil.

Jetzt also Joachim. In den frühen Jahren seiner Rednerschaft hatte der erfolgreiche junge Jurist die Verschlankung und ideologische Entschärfung, die sein Vater eingeleitet hatte, diskret, aber konsequent fortgesetzt, hatte nicht nur auf Blut und Boden, sondern auch auf Sippe und Vorsehung verzichtet. Geblieben waren die Treue zu Familie und Volk und die Ehrfurcht vor Tradition und Natur. Gemäßigtes Klima sozusagen, das allerdings nicht von Dauer war. Denn das Jahr 2015 stieß europaweit so manches an, im engeren Kreis der Familie Pernauer die Re-Ideologisierung der Sommersonnenwende. Festredner Joachim erinnerte an die Türkenbelagerung von Wien anno 1683 und warnte vor drohender Umvolkung, der man hart entgegentreten werde: Wir schaffen das! Joachims forciertes Parteiengagement schärfte auch seine private Rhetorik.

„Onkel Heinz und Vati wären stolz, wenn sie dich hören könnten", sagte Hildegard.

„Ja, das wären sie, und so schließt sich der braune Kreis", ätzte Reinhard, „von Heinz Albert über Otto zu Joachim und wieder zurück. Dieselbe Sprache. Dieselbe Haltung. Und wir alle spiel--

unglücklich mit. Mitgegangen. Mitgefangen. Diese Familie …"

Dietrich triumphierte. Gleich würde er fallen, der bekannte Satz, der das wackelige Kunstgebilde zum Einsturz bringen wird: *Eine Nazifamilie! Diese Familie ist eine Nazifamilie!*

Dietrich hatte diesmal zu früh triumphiert. Reinhards spitzer Satz blieb abrupt hängen, denn Muttis heftiger Aufschrei kam ihm zuvor: „Hört auf!", schluchzte sie. „Wo es doch unser letztes Sonnwendfest ist."

Das letzte Sonnwendfest? Was soll das heißen? Niemandem in der Runde glückte eine passende Reaktion.

„Joachim soll es euch erklären", sagte Hildegard und alle starrten das informelle Familienoberhaupt an.

„Na gut", sagte Joachim, „ich wollte zwar heute nicht darüber reden, aber da unsere Mutter ihre Gefühle leider nicht unter Kontrolle hat, muss es wohl sein. Ich habe Mutti empfohlen, das Wutscherhäusl zu veräußern."

Veräußern? Verkaufen? Das Wutscherhäusl? Im Familienbesitz seit 1938. Dieses romantische Juwel. Ja, warum das denn? Man bedrängte Joachim. Er war ihnen eine Erklärung schuldig.

„Weil es nur zwei Möglichkeiten gibt: Verkauf zu einem guten Preis oder eine sauteure Generalsanierung."

2
Die Gralsburg der Pernauers

Dem Wutscherhäusl fehlt die Eindeutigkeit, dachte Joachim. Hätte man es mit einem Erbhof zu tun, erbaut von einem tüchtigen Stammvater und seinen Söhnen, seit Generationen im Familienbesitz, dann wäre das Wutscherhäusl vielleicht geworden, wozu es Onkel Heinz in seiner ersten Sonnwendrede im Jahr zweiundsechzig bestimmt hatte: *die Gralsburg der Pernauers. Möge das Wutscherhäusl das Stein gewordene Herz der Familie sein*! Die von Heinz Albert strapazierte Metapher war unglücklich, Opa hielt sie sogar für zwielichtig. „Was redest du denn da Zwielichtiges daher, Heinz, ein Pernauer-Herz wird doch nicht zu Stein!", soll er gesagt haben. So ähnlich überliefert Mutti die Anekdote.

Joachim hatte die Dokumente mehrmals geprüft. Die Bau- und Eigentümergeschichte des Wutscherhäusls war rechtlich nicht angreifbar, Heinz Alberts Gralserzählung entsprach sie aber nicht. Die existenziell bedrohte Bauernfamilie Wutscher – Eltern, drei kleine Töchter, eine Großmutter – hatte 1912 beschlossen, ihr karges Dasein in der alten Welt hinter sich zu lassen und in Amerika ein glücklicheres Schicksal zu suchen. Ein gewisser Doktor Schön, Internist in Wien, vermutlich ein Philanthrop, mit

Sicherheit ein Pionier der Sommerfrische, überbot mit einer sehr großzügigen Summe einige andere Interessenten, erwarb das Grundstück und ließ den kleinen Hof zu einem sogenannten *Weekend House* umbauen und ausbauen. Der bäuerliche Charakter blieb aber erhalten. Für damals eine beachtliche architektonische Leistung.

Im Februar 1938 brach auch die Familie Schön nach Amerika auf, nicht aus freien Stücken, sondern nervlich bedrängt von der Ahnung der drohenden Katastrophe. So großzügig Doktor Schön die Familie Wutscher abgefunden hatte, so kostenbewusst agierte Josef Pernauer Senior sechsundzwanzig Jahre später gegenüber der Familie Schön. Eine lächerliche Summe? Joachim fand am Kaufverhalten des Urgroßvaters nichts Tadelnswertes. Der Markt macht den Preis und dieser Doktor Schön wollte halt möglichst schnell verkaufen. Der Kaufvertrag ist datiert auf den 17. Februar 1938. Was soll also das bösartige Gerede vom arisierten Besitz, das in der Gegend nie so ganz verstummen wollte?

Unsere Familiengeschichte ist rein, dachte Joachim. Aus juristischer Sicht ist sowieso alles korrekt abgelaufen. Opa hat aber auch für eine politisch saubere Sprachregelung gesorgt: „Mein Vater hat durch den Kauf diesen Doktor Schön und seine Familie wahrscheinlich vor dem Konzentrationslager gerettet." Und er fügte hinzu: „Wisst ihr, man muss nicht unbedingt ein Judenfreund sein, um sich anständig zu verhalten."

Nach Kriegsende blieb das Wutscherhäusl im Familienbesitz und sollte von allen ausgiebig genutzt werden, als Rückzugs- und Erholungsraum, als Mittelpunkt familiärer und freundschaftlicher Festkultur. Hie und da lud Heinz Albert ein paar alte Kameraden ein. Die Abgeschiedenheit des Wutscherhäusls ermöglichte es, spätabends am Lagerfeuer vertrautes Liedgut zu singen, und zwar nicht im vorsichtigsten Pianissimo. Wenn Onkel Heinz mit seinem kraftvollen Bariton *Die Fahne hoch, die Reihen dicht geschlossen* anstimmte, machte er hier nur Hasen und Fasane auf sich aufmerksam.

In der Familie Pernauer hatte man trotzdem Bedenken. Man muss schon vorsichtig sein! Die Linken warten ja nur auf eine Gelegenheit wie diese.

„So ein Kameradentreffen ehemaliger Parteigenossen wäre für die Judenpresse ein gefundenes Fressen", sagte Opa zu seinem Bruder, „das musst du wissen, Heinz."

Aber Tante Berta beschwichtigte: „Ach, geh, macht euch doch nicht in die Hose vor diesem Gesindel und gönnt ein paar alten Kämpfern ihre Erinnerungen an die besten Jahre ihres Lebens."

Der sprichwörtliche Zahn der Zeit setzte dem Wutscherhäusl zu. Onkel Heinz hatte noch für feuerpolizeilich tragbare Elektrizität gesorgt, kleinere Mauerschäden selbst ausgebessert, von Pfuschern aus der Gegend einen Zubau errichten lassen, ab und zu die Wände frisch gestrichen. Seine Verwalterrolle hatte aber nach ihm keiner übernommen. Zwischen den seltenen Besuchen stand das Haus wochenlang leer, niemand fühlte sich zuständig für die Instandhaltung.

Vor dem jährlichen Sonnwendfest, einer seltsamen Sentimentalität, an der die Familie festklebte, mussten Hildegard und Birgit zwei Tage lang putzen und schrubben. Dass Birgit auch mit Werkzeugkasten und Schlagbohrmaschine zurechtkam, erwies sich als nützlich. Und jedes Mal sagte sie nachher zu Joachim: „Du musst endlich mit Mutti reden. Wir feiern hier bald nur mehr zwischen Ruinenwänden."

Joachim, ausgelastet mit Anwaltsberuf und parteipolitischen Karriereplänen, schob die Sache hinaus. Bis zum Anruf von Sergej! Ein Glücksfall! Eine Gelegenheit, die man beim Schopf packen musste! Sergej hatte er vor zwei Jahren kennengelernt. Joachim war mit Parteifreunden nach Moskau gereist, um Kontakte zu russischen Parlamentariern zu festigen. Mit am Tisch saßen damals auch einige Wirtschaftsleute, unter ihnen Sergej, der russische Investments in der EU lancierte und Anlagemöglichkeiten in Österreich suchte. Joachim zeigte sich interessiert, blieb unverbindlich, aber in losem Kontakt mit den Russen – und plötzlich dieser unerwartete Anruf!

Sergej schilderte Joachim ein vielversprechendes Projekt, eine weitläufige Wellness-Anlage, gehobene Preisklasse, Marketing-Linie Erholung durch Entschleunigung, Natur und gesundes Leben, Sport und mentale Stärkung. Jedenfalls, dieses romantische Grundstück – optimal! Wie geschaffen für das Projekt! Und was hatte Sergej gehört, als er sich nach dem Besitzer erkundigte? „Hildegard Pernauer, Mama von meinem Freund Joachim! Joachim, ich sag dir jetzt eine Summe, und ich wette, du und Mama, ihr zögert keine Sekunde! Was meinst du mit Grünland? Ach so, Baubewilligung. Erledigen wir diskret. Und apropos, Joachim, dein persönlicher Schaden soll es auch nicht sein. Du verstehst mich …"

Joachim verstand schnell und gut, aber Hildegard verstand nicht, konnte nicht, wollte nicht verstehen, klagte tränenreich.

„Unser Juwel sollen wir an einen Russen abtreten? Gut, dass Opa das nicht mehr erleben muss. Und der Onkel Heinz, der dreht sich im Grab dreimal um. Ausgerechnet den Bolschewisten willst du seine Gralsburg in den Rachen werfen. Ist denn die Heimat heute gar nichts mehr wert! Ach Gott, ist das alles traurig. Joachim, du weißt gar nicht, wie sehr du mich enttäuschst."

Mutti hätte er wahrscheinlich nach ein paar Tagen geduldiger Beruhigung versöhnen und überreden können.

„Sie hängt eben an der Vergangenheit“, sagte Birgit, „wie alle alten Menschen, aber wenn es um wichtige Entscheidungen geht, setzt Mutti immer auf den Verstand. Das Hauptproblem ist nicht deine Mutter, Joachim, das Hauptproblem ist deine hysterische Schwester. Reingard hetzt deine Mutter auf.“

Reingard ermutigte verzweifelte Menschen, die bei ihr Rat und Heilung suchten, vor allem dazu, ehrlich und offen ihre Gefühle auszusprechen und auszuleben. Nach diesem Grundsatz emotionaler Authentizität lebte sie auch selbst. Ein schwanzwedelndes Hündchen, eine verlassene Almhütte, ein singendes Kleinkind, ein Regenbogen, ein getrocknetes Veilchen in einem alten Lesebuch, eine letzte Blüte im Novemberschnee, solche Wahrnehmungen von Einfachheit und Unschuld rührten Reingard zu Tränen. Wenn sie ein Urgroßmütterlein auf morscher Hausbank in der Abendsonne erblickte, konnte es durchaus sein, dass sie vor ihm niederkniete, seine Hand küsste und sagte: Bleiben Sie noch recht lang gesund bei uns, liebe Frau!

Das war die helle Seite des Gefühlsmenschen Reingard, die dunkle bekam jetzt Joachim zu spüren: „Du geldgieriges Arschloch“, schrie sie, „du willst unser Wutscherhäusl an diese russische

Kapitalistenmafia verscherbeln! Sag einmal, schämst du dich für gar nichts!?“

Joachim und Birgit kämpften um Fassung, versuchten ruhig zu bleiben, redeten vom unaufhaltsamen Verfall des Wutscherhäusls, von mangelnder Nutzung, vom offensichtlichen Desinteresse der Familienmitglieder, von den enormen Kosten einer unabwendbaren Sanierung.

„Wer wird denn das bezahlen, Reingard? Du sicher nicht!“

Nein, Reingard nicht, aber wozu hatte sie ihren Waldemar. „Du musst unser Wutscherhäusl retten, Waldi, das ist das Mindeste, was ich von dir erwarte!“

Waldi war skeptisch und leistete der Geliebten zehn Minuten vorsichtigen Widerstand, dann wählte er Joachims Nummer und fragte ihn nach dem Stand der Dinge.

„Kannst du mir eine finanzielle Orientierung geben? Was bieten dir die Russen an?“

Joachim nannte die Summe, damit war das Telefonat beendet.

„Vergiss es“, sagte Waldi zu Reingard, „dafür müsste ich bestehendes Vermögen auflösen.“

„Ja, dann löst du es eben auf.“

„Geht nicht. Meine Frau kann das verhindern, und ich garantiere dir, sie wird es verhindern.“

Meine Frau – ein heißes Stichwort im Beziehungsleben, das Waldemar besser vermieden hätte.

„Deine Frau! Dieses böse, missgünstige Weibsbild!“, schrie Reingard, und dann prasselten die bekannten Vorwürfe auf Waldemar nieder: Warum diese Hexe überhaupt Zugriff auf sein Vermögen habe! Warum er in Sachen Scheidung nichts voranbringe! Wie er sich das überhaupt vorstelle in Zukunft! „Du scheinst dich mit faulen Kompromissen wohlzufühlen! Ich nicht!“

„Sollen wir mit Dietrich reden?“, fragte Birgit. Joachim nickte. „Daran hab ich auch schon gedacht.“

„Wie schätzt du ihn ein?“

„Schwer zu sagen. Er gibt ja nie viel preis. Für sentimental halte ich ihn aber nicht.“

3
Dietrich genoss das festigende Gefühl des Anerkannten

„Ich will mit dir reden, Dietrich, du bist beruhigend vernünftig, eine Anlage, die in unserer Familie leider Seltenheitswert hat ... Sobald wie möglich, Lieber. Samstag zum Beispiel, hast du da schon was vor? Wie wär's mit einem gepflegten Abendessen bei uns? Ich hab noch Wildlachs von der Alaska-Reise, selbst gefangen. Du, der wird dich begeistern!"

Mein großer Bruder will mit mir reden, mit mir, dem Vernünftigen. Er braucht mich, er baut auf mich. Dietrich genoss das festigende Gefühl des Anerkannten. Wie lange war das her, dass Joachim ihn zum Essen eingeladen hatte! Ihn allein nämlich, nicht gemeinsam mit Mutti, der er als Chauffeur zweckdienlich war. So verbindet Joachim das Unerhebliche mit dem Nützlichen.

Dietrich hatte sich schick herausgeputzt, war guter Laune. Sportlich elegant stand er vor der Villa, in der Rechten den Strauß für Birgit, in der Linken die Cognacflasche im Geschenkkarton. Birgit und Joachim begrüßten ihn mit wasserfester Herzlichkeit und eskortierten ihn auf die Terrasse. Im Sommerabendlicht nahm der selbst gefangene Alaska-Lachs schon Bräune an, und dieser Weißburgunder, „der, lieber Bruder Dietrich, wird dich in höhere Sphären heben."

Joachim hat so richtig Stil, dachte Dietrich, Birgit sowieso. Antipasti und Hauptgericht untermalten sie mit leichtgewichtiger, heiterer Konversation, erzählten Anekdotisches von Jens und Nils.

„Apropos, wo sind denn eure zwei Racker?"

„Im Pfadfinderlager, die beste Lebensschule", sagte Joachim und ließ Erinnerungen an die eigene Kindheit folgen: Turnverein, harmlose Bubenstreiche, väterliche Strenge. „Und? Hat es uns geschadet? – Na also."

Birgit ist plötzlich so schweigsam, dachte Dietrich, und weil er gerne ihre angenehme Altstimme hören wollte, warf er ihr ein motivierendes Stichwort zu: „Eure Buben entwickeln sich prächtig."

Birgit lächelte dankbar. Kein Wort dazu? Keine weitere Beispielerzählung aus dem wirklichen Leben, die Dietrichs Neffenlob bewies? Nicht einmal ein spontanes *O ja, sie machen uns viel Freude!* Stimmte da etwas nicht?

Nach dem Hauptgang holte Joachim die Zigarren und kam zum Thema. „Medias in res, Dietrich, du ahnst wahrscheinlich, worüber ich mit dir reden will."

„Das Wutscherhäusl."

„In der Tat."

Joachim ging ins Detail: das Wellness-Projekt, von unschätzbarem Wert für diese schwache Region, die dringend Arbeitsplätze braucht; die finanzielle Potenz der Investoren; die Handschlagqualität von Sergej. „Ein Mann mit dem Herz auf dem rechten Fleck und dem Hirn im richtigen Körperteil, wenn du verstehst, was ich meine. Und last not least – so viel Englisch darf schon mal sein in einem deutschen Haus – cash! Das runde Sümmchen, das man uns anbietet, kann sich sehen lassen. Jetzt sag, Dietrich, das wäre doch die Dummheit des Jahrzehnts, diese Chance nicht zu nutzen."

Dietrich lehnte sich zurück mit dem Pokerface des Geschäftsmanns, blies die Backen auf und den Zigarrenrauch aus. „Klar wie Leitungswasser. Ich bin völlig deiner Meinung."

Joachim hob das Cognacglas. „Ich würde jetzt gerne sagen: Mir fällt ein Stein vom Herzen. So ist es aber nicht. Ich hatte keine Sekunde einen Zweifel, dass du die Sache so siehst wie ich. Jetzt geht es nur noch darum, Mutti zu überzeugen."

„Was hat sie dagegen? Und vor allem: Was *hält* sie dagegen?"

„Sentimentalitäten! Du kennst mich, Dietrich, Familie ist mir heilig, aber dieses Schmierentheater rund ums Wutscherhäusl, das ist doch alles Sage und Legende. Wer von uns interessiert sich denn wirklich noch für das Ding?"

„Reingard", sagte Birgit, „behauptet sie zumindest."

„Ja, Reingard!“ Joachim lachte höhnisch und wurde lauter. „Reingard ist der zickigste Trampel zwischen Atlantik und Ural!“

„Joachim, bitte, die Nachbarn.“

„Ist doch wahr. Ihr Köpfchen ist außen so schön, wie es innen hohl ist. Nie ist sie im Wutscherhäusl! Nie! Das ist ihr alles zu unbequem. Keinen Finger krümmt sie. Hat sie jemals einen Putzlappen in die Hand genommen? Ganz zu schweigen von Hammer und Rasenmäher! Was will sie also?“

„Sie will, dass Waldemar das Wutscherhäusl kauft“, sagte Birgit.

„Und? Kauft er?“, fragte Dietrich.

„Nie und nimmer!“ Joachim war da ganz sicher. „Wahrscheinlich möchte er sogar, der verliebte alte Esel, aber seine Frau macht ihm einen Strich durch die Rechnung. Ohne ihre Zustimmung kann er solche Beträge nicht loseisen. Und wisst ihr, was ich euch sage? Ich verstehe diese Annegret, ja, ich verstehe sie. Was erwartet man denn von ihr? Dass sie der jungen Geliebten ihres Göttergatten die Herzenswünsche erfüllt? Annegret ist eine Frau mit Stolz und Rückgrat, nicht so eine würdelose Masochistin wie Rebekka.“

Joachim seufzte und griff zur Cognacflasche. „Willst du auch noch?“ Dietrich nickte.

„Alles klar, Joachim, aber was kann ich für die Sache tun?“

„Wir müssen noch einmal mit Mutti reden. Du und ich, gemeinsam hebeln wir den Schwachsinn aus, den ihr Reingard einredet."

Gemeinsam, dachte Dietrich in sanfter Trunkenheit, wir zwei, die Vernünftigen. Seit Jahren hatte er keine so gute Stunde mehr genossen wie jetzt, an diesem milden Sommerabend. Angereichert mit Speis und Trank, das Cognacglas in der einen, die immer noch glimmende Zigarre in der anderen Hand, in ernster, fester Kameradschaft mit seinem großen Bruder, der seine Hilfe brauchte. Und da sie in ihrem Urteil über die dumme, narzisstische, freche kleine Schwester so unzerstörbar einig waren, lag es nahe, ihr männliches Pendant, den faulen, gerissenen Hochstapler Reinhard auch gleich abzuhandeln, sozusagen im Gesamtpaket. Was getan ist, ist getan. Dietrich fühlte vor.

„Welche Rolle spielt denn eigentlich unser flanierender Weltensammler in diesem Drama?"

Joachim antwortete nur mit einer wegwerfenden Handbewegung, aber Birgit überraschte: „Keine so üble, finde ich."

„Du meinst, er hält sich raus." Joachim wollte einem möglichen Missverständnis vorbeugen. „Das ist keine Leistung. Er hat in dieser Sache, nüchtern betrachtet, nichts zu erben."

Birgit erinnerte lachend an die kleine Szene, die Reinhard bei der Abreise vom Sonnwendfest zum

Besten gegeben hatte. Loslassen, hat er gesagt, einfach nur loslassen! Nehmt euch zurück und nicht so wichtig. Fragt doch das Wutscherhäusl selber, was es will. Breitbeinig hatte er sich vor die Haustür gestellt und gerufen: *He, Wutscherhäusl, willst du deinen irdischen Weg beenden? Aus Ziegel, Mörtel, Stein und Holz bist du gemacht, zu Bauschutt wirst du werden! Früher oder später! Durch Wettergötter oder Russengold!*

„Dieser Spinner", brummte Joachim.

„Ja, einerseits", sagte Birgit, „er muss sich halt immer inszenieren. Aber andererseits, vielleicht lebt man mit so einer Einstellung wirklich leichter und freier."

„Hippie-Flausen", sagte Joachim.

„Vielleicht. Aber wenn einer nichts anderes im Kopf hat als Vermögen und Karriere, sind das auch Flausen, andere Flausen, aber Flausen."

Birgit starrte trotzig auf den Wasserkrug und Dietrich spürte, dass sich in Joachim jetzt etwas Undeutliches, aber Starkes und Grundsätzliches aufrichtete.

„Das geht wahrscheinlich gegen mich, ja? Das geht wieder einmal gegen mich."

Es wäre für Birgit ein Leichtes gewesen, das aufziehende Unwetter vorbeizuwinken. Ein sanftes *Natürlich nicht, mein Schatz* oder ein empathisches *So etwas würde ich dir nie unterstellen, Liebster* hätte gereicht. Dietrich hoffte sehr auf einen dieser Sätze, aber Birgit sagte einen anderen: „Wenn du dich betroffen fühlst.“ Und das fiel auch noch schnippisch aus. Dietrich war unglücklich.

„Ich fühle mich keineswegs betroffen“, sagte Joachim.

„Dann kannst du ja gelassen bleiben.“

„Die Frage ist aber gar nicht, ob ich mich betroffen fühle. Die Frage ist, ob du so über mich denkst. Es ist eine Frage der Gerechtigkeit, sozusagen.“

„Gedanken sind frei, auch die ungerechten, sozusagen.“

„Birgit, ich hab es satt!“

„Was denn?“

„Ich lasse mich nicht von meiner eigenen Frau als skrupellosen Geschäftemacher und eitlen Karrieristen hinstellen. Noch dazu vor meinem Bruder!“

Bitte, nein, dachte Dietrich, holt jetzt bloß nicht mich in euren Boxring. Ich will nicht der Kampfrichter sein. Aber es war zu spät. Die erste Runde war schon eingeläutet. Birgit legte Protest ein.

„Hab ich Joachim als eitlen Karrieristen und skrupellosen Geschäftemacher bezeichnet? Dietrich, hab ich das?“

„Nnnein, nicht direkt …“

„Nicht *direkt*! Hörst du? Nicht *direkt*! Natürlich nicht direkt! Aber *indirekt*! Birgit, ich kenne dich ja so gut, das Spiel über die Bande, das beherrschst du ausgezeichnet.“

„Ich weiß zwar nicht, was ein Spiel über die Bande ist …“

Dietrich hob die Hand und sagte: „Hallenfußball! Oder Eishockey.“ Er setzte so eifrig zur Erklärung an, als wäre er hier der Klassenbeste. „Das Spiel über die Bande funktioniert zum Beispiel so: Der Verteidiger steht in der eigenen Hälfte, der Angreifer in der gegnerischen, dazwischen die Abwehr …“

Birgit interessierte sich leider nicht für die Spieltechnik, und Joachim kannte sie schon. Dennoch hatte Dietrichs nervöser und scheinbar unangebrachter Exkurs in den Mannschaftssport die Kampflaune des Paars abgekühlt. Birgit räumte den Tisch leer und sagte halb spöttisch, halb beleidigt: „Dann sorg ich mal für die Nachspeise. Wie sich's gehört für die brave deutsche Frau.“

Dietrich wusste nicht, wie er nach Birgits stolzem Abgang in die Küche weitermachen sollte.

„Nimm dein Glas mit“, sagte Joachim, „dann drehen wir eine Runde durch den Garten. Wundere dich bitte nicht über gewisse Spannungen. Bei uns ist seit Wochen dicke Luft.“

„Oje, Eheprobleme …“

„Ja und nein. Ich meine, nicht das Übliche, also, es geht nicht um eine Affäre oder so etwas.“

„Sondern?“

„Du weißt ja, dass mich Herbert nach Wien holen wollte.“

„Herbert?“

„Stichwort Innenministerium.“

„Nein, das weiß ich nicht.“

„Ach, hab ich dir das nie erzählt? Na, egal, nach dem Ibiza-Schlamassel ist das sowieso Schnee von gestern. Wir sind nicht mehr in der Regierung und Herbert ist nicht mehr Minister. Er ist aber sicher der kommende Mann in der Partei. Dietrich, ich habe den Fünfziger hinter mir, wenn ich noch einmal ganz vorne mitspielen will, dann muss ich jetzt am Ball bleiben.“

„Ja, klar, versteh ich.“

„Birgit ist dagegen.“

„Warum?“

„Politische Bedenken, wegen Herbert. Wenn man schon in einer rechten Partei ist, dann soll man wenigstens nicht an ihrem rechten Rand stehen.“

„Sagt sie …“

„Ja, es ist ihr peinlich. Du weißt, ihre Eltern, ihr liberales Umfeld. Und wenn ich ihr erkläre, dass es mir nicht um rechts oder weniger rechts geht, sondern um vorne oder hinten, dann nennt sie mich zynisch. Ich nenne das pragmatisch. Der Wille zur Macht, das ist etwas Natürliches. Ist doch so!“

Na also, Burgfrieden, dachte Dietrich, als Birgit die Nachspeise brachte und Joachim einen versöhnlichen Kuss auf ihre Wange andeutete. Alle drei bemühten sich um Risikominimierung in der Themenwahl. Womit er derzeit beruflich zu tun habe, fragte Joachim den Bruder, und Dietrich erzählte etwas zu ausführlich von seiner statistischen Untersuchung zur Nutzung von Güterwegen. Der Abend hatte an Schwung verloren, und auf das Thema Wutscherhäusl kamen sie erst wieder, als sich Dietrich von Birgit verabschiedet hatte und Joachim seinen Bruder zum Gartentor begleitete.

„Wie machen wir weiter? Wann reden wir mit Mutti?“, fragte Dietrich.

„Ich ruf dich nächste Woche an, Dietrich, und danke! Ich weiß deine Loyalität zu schätzen.“

4
Der lärmempfindliche Maulwurf war Dietrichs Lieblingstier

In Onkel Haralds Wohnzimmer hing – soweit Dietrichs Erinnerung zurückreicht – immer diese billige Reproduktion eines Ölgemäldes aus den Dreißigerjahren. Es zeigte einen vierschrötigen, auf ungehobelte Art gesunden, anmaßend grinsenden Männerschädel mit schräg aufgesetztem, schmalkrempigem Bauernhut vor einer winterlichen Berglandschaft im Sonnenlicht. Ein Geschenk aus sehr lieber Hand, hatte der Onkel gesagt und tiefgründig gelächelt.

Dietrich fand das Gemälde abstoßend. Als er nach Haralds Tod dessen Wohnung geerbt hatte, entfernte er den vorwitzigen Bauernplutzer nicht nur, er zerstörte ihn mit einer für ihn selbst unerklärbaren Wut, indem er das Bild in kleine Stücke schnitt und diese anzündete. Dietrich hielt das Fanal fest und gab seiner Fotografie den Titel *Verbrennung eines rotzfrechen Knechts.*

Über dem Sofa, wo der entfernte Naturbursche eine helle Fläche hinterlassen hatte, brachte Dietrich die hübsch gerahmte Großaufnahme eines Maulwurfs an. In augenloser Zufriedenheit lag das Pelztierchen auf einem frisch aufgeworfenen Humushügel, umgeben von einer frühsommerlichen

Blumenwiese. Die großen Grabekrallen standen seitlich ab und das rosige Schnäuzchen, aus dem einige dünne Härchen herauswuchsen, überragte wie ein kleiner Sendemast das breite, schweigsame, gutmütig dumme Maul.

Der lärmempfindliche Maulwurf war Dietrichs Lieblingstier. Er lebt und wirkt im Verborgenen, wirft aber, des Beifalls vielleicht doch bedürftig, Zeichen seiner Tätigkeit auf. Darüber ärgern sich die Menschen und verfolgen die unschuldige Kreatur. Dietrich war als Achtjähriger Zeuge einer abscheulichen Maulwurfsjagd geworden. Als im Garten des Wutscherhäusls der achte Hügel aufgeworfen worden war, lauerten Vati und Onkel Heinz dem unerwünschten Gartengast auf. Keine zehn Minuten hatten sie in konzentrierter Jagdhaltung zugebracht, da bewegte sich das Erdreich. So verriet das ahnungslos ackernde Tier seinen Standort. Jetzt!, rief Vati. Onkel Heinz rammte blitzartig den Spaten in die Erde und beförderte den zitternden, zappelnden Maulwurf an die Oberfläche. Bevor das Tier seinen Schock überwinden und flüchten konnte, drosch Vati die breite Fläche einer langstieligen Gartenschaufel wuchtig darauf. Onkel Heinz, angetan mit grobem Schuhwerk, Wadenstutzen und Knickerbocker, sprang, ein entschlossenes Hopp! rufend, darauf und trampelte auf der Schaufelfläche herum. Erledigt!, sagte Vati. Heinz Albert stieg von der Schaufel. Als Vati sie weghob, zeigte sich den wohlig erregten Jagdgästen ein formloser Matsch aus Blut, Fell und Innereien. Weidmannsheil!, sagte Vati. Weidmannsdank!, sagte Heinz. Mittagessen!, rief Tante Berta und klatschte in die Hände. Dietrich kotzte.

Wenn einem Lebewesen grobes Unrecht widerfährt, davon war Dietrich überzeugt, dann ist es der Maulwurf. Man unterstellt ihm, er fräße die Wurzeln der Gartenpflanzen an. Das stimmt aber nicht, er ernährt sich von Schnecken, Engerlingen, allerlei Gewürm. Großzügig betrachtet erweist er sich als Nutztier, aber man dankt es ihm nicht. Einiger unerheblicher Erdhaufen wegen schimpft man den Maulwurf eine Landplage und ignoriert seinen wohltätigen Fleiß, seine Verdienste um ein lockeres Erdreich, sein in unauffälliger Bescheidenheit vorgeführtes Können unter Tage.

Hätte man mir, dachte Dietrich, vor drei Jahren, als der Hofrat Birkel endlich in den Ruhestand trat, die Abteilungsleitung anvertraut, was könnte ich heute alles bewirken! Was könnte ich einbringen an Ideen für Projektentwicklung und Strukturreform! Aber nein, man befördert mich nicht! Im Gegenteil, man demütigt mich, indem man mir diesen Kerzenschlucker vor die Schnauze setzt, diesen Parteigünstling, diesen Quadratschädel! Meine Bewerbung haben die Herrschaften nicht einmal in Erwägung gezogen. Die Einladung zu einem Gespräch wäre wohl das Mindeste gewesen, und wenn sie nur aus Taktgefühl erfolgt wäre. Aber bitte, dann eben nicht! Dann eben Dienst nach Vorschrift! Mehr hat man von mir nicht mehr zu erwarten.

Dietrich holte eine zweite Flasche Bier aus dem Kühlschrank und zog sich gekränkt in die hinteren Bezirke seiner Gedankenwelt zurück. Hatte er alles falsch gemacht? Hätte er doch Jura studieren sollen, wie es ihm Vati und Joachim so eindringlich nahegelegt hatten? Joachim war, als Dietrich die Matura bestanden hatte, *mit gutem Erfolg* bestanden hatte, schon Konzipient in Heinz Alberts Kanzlei und wollte den jüngeren Bruder von einer gemeinsamen erfolgreichen Zukunft überzeugen: „Onkel Heinz hat sich aus dem Geschäftlichen zurückgezogen. Sein Partner Dr. Ferstl ist auch schon sechzig. Dietrich, in einigen Jahren wird das unsere Kanzlei sein! Pernauer & Pernauer. Anwälte."

Hätte ihm nicht Onkel Harald damals den Rücken gestärkt, wer weiß, vielleicht hätte er sich überreden lassen. Dietrich hatte sich aber behauptet gegen väterliche Autorität und brüderliches Werben, und darauf war er damals, als Achtzehnjähriger, stolz gewesen. Nicht Jura, nein, Mathematik und Geografie, vor allem Mathematik. Die reine, körperlose Welt der Zahlen hatte ihn immer schon angezogen, es gab keine schönere. Das Glücksgefühl, eine knifflige Aufgabe allein durch logisches Denken lösen zu können, war schon dem Volksschüler vertraut. Als Sechzehnjähriger wurde er bei der Mathematik-Olympiade Dritter. Die Urkunde hing gerahmt im Vorraum.

Mit Sicherheit könnte ich heute eine glanzvolle wissenschaftliche Laufbahn vorweisen, wäre mir nicht die Politik dazwischengekommen, dachte Dietrich und nahm einen kräftigen Schluck aus dem Verbindungskrug. Zwei lange Studienjahre hatte er mehr Zeit mit Hochschulpolitik und Kneipkonvent verbracht als mit Mathematik. Das war der Fehler! Ehrgeizige Kommilitonen zogen an ihm vorbei und besetzten die wenigen Planstellen für wissenschaftliche Assistenzen. Der Name Dietrich Pernauer war zwar bekannt am Institut, aber nicht als fachliche Koryphäe und Zukunftshoffnung. Er war *dieser Burschenschaftler in der Studentenvertretung*, ansonsten unauffälliger Durchschnitt.

Als er eines Tages ermüdet war von rhetorischer Kraftmeierei, parteipolitischer Konspiration und Machtspielchen im Vorhof der Politik, war es zu spät. Dietrich verließ die Universität als Magister und musste artig danke sagen zu einem Alten Herrn aus seiner Verbindung, der ihm zu einer glanzlosen Beamtenstelle im Landesdienst verhalf.

Der Sonntag wurde lang und länger, der Himmel trüber. Regenwetter. Ein drittes Bier vielleicht? –

Pfui, Dietrich, nicht um halb fünf! Disziplin und Rückgrat! Lass dich nicht so treiben! Ich sollte wieder einmal eine Mensur schlagen, dachte er. Seine letzte lag fast zehn Jahre zurück, seine erste mehr als zwanzig. Er war ziemlich eingerostet. Wollte er wieder einmal bestehen Mann gegen Mann, vielleicht ein letztes Mal in seinem Verbindungsleben, müsste er vorher viele Stunden auf dem Paukboden einplanen, damit ihm der Kontrahent nicht schon im ersten Fechtgang die Birne demolierte.

Die Erinnerung an seine erste Mensur war bestens erhalten: die wochenlange Vorbereitung, die mühsame Gewöhnung an Körperschutz und Kampftechnik, die Einübung in das Regelsystem. Und dann der große Tag. Die Wahl der Klinge, beraten von Rüdiger, dem Fechtwart, die aufmunternden Worte der Bundesbrüder. Dann kam der Paukgegner, ein Vandale, an seinen Namen erinnerte er sich nicht mehr, aber etwas größer war er, etwas kräftiger, älter, erfahrener mit Sicherheit und ganz auf Offensive trainiert.

Dietrich hingegen war ein Meister der raffinierten Abwehr. Selbstkontrolle, das war seine Stärke. Vierzehn Gänge hatte er tapfer durchgehalten, war nicht zurückgewichen. Standhalten! Koste es, was es wolle! Im fünfzehnten Gang sauste der Korbschläger des Vandalen rasiermesserscharf über Dietrichs Stirn. Contenance! Bloß kein Aufschrei!

Die Wunde war nicht sehr tief, schmerzte nicht übermäßig, blutete aber beeindruckend. Wie das herunterfloss über Stirne und Wangen, das Unterhemd rötete. Zurück aus der Schlacht. Bluten für die Galerie.

Die Bundesbrüder sparten nicht mit Anerkennung. Der Paukarzt versorgte Dietrichs Kopf mit sechs Nähten, natürlich ohne Betäubung. Ha, ein kräftiger Schluck vom Korn genügt. Der ritterliche Handschlag mit dem Paukgegner. Die Bierkrüge. Das Trinkopfer! Alles ehrenhaft. Um Sieg und Niederlage geht es nicht. Schon gar nicht um Feindseligkeit. Eine Mensur ist kein Duell. Keinem ist hier die Ehre abgeschnitten worden. Beide haben Ehre, weil sie dem ehrlichen Kampf nicht ausweichen. Ein Kerl, der die Mensur schlägt, beweist Charakter, Willenskraft. Auf so einen kann die Gemeinschaft zählen. Das ist der tiefe Sinn des Rituals. Dietrich trug seinen Schmiss mit Stolz. Warum, das verstehen nur wenige.

Hannelore hatte es auch nicht verstanden. Es ist schon interessant, dachte Dietrich, wie konsequent in der Familie über sie geschwiegen wird. Hannelore, das verlorene Schaf, das keiner zu vermissen scheint. Wie lange war sie schon weg? Wie alt ist sie jetzt? Achtundvierzig. Abgehauen ist sie mit sechsundzwanzig. Das war vielleicht ein Drama! Hannelores Abschiedsbrief … dieser Hass! *Der*

Fluch unserer Nazifamilie hatte sie geschrieben, … *eine Familiengeschichte aus Gewalt, Niedertracht, Selbstgefälligkeit und Lüge … Flucht als einzige Überlebenschance … die einzig mögliche Rettung meiner Seele* sogar und ähnlich pathetisches Zeug.

Mutti brach zusammen, lag eine Woche in der Psychiatrie. Vati trug es mit Haltung, obwohl ihm die designierte Nachfolgerin abhandengekommen war. Hannelore hatte soeben ihr Medizinstudium abgeschlossen, hätte irgendwann die Ordination übernehmen sollen. Das ist nur der Zeitgeist, sagte Vati, Autoritätskrise und Feminismus. Das geht vorüber. In einem halben Jahr ist die verlorene Tochter wieder bei uns. Ihr Kern ist gut. – Mutti gab den Familienaufstellungen schuld, die Hannelore besucht hatte. Das müsste man verbieten, sagte sie, da wird doch nur Schmutzwäsche gewaschen. Nach diesen Wochenenden war Hannelore immer so aufgewühlt. Krank ist das, wahrscheinlich haben es die Juden erfunden.

Einmal im Jahr schickte Hannelore an Hildegard ein kleines, schwaches Lebenszeichen. Als es zum ersten Mal angekommen war, hatte Mutti den Brief noch vorgelesen: *Du bist und bleibst genauso verstrickt in diese verfluchte Familie wie alle anderen. Dennoch bleibst du meine Mutter und hast ein moralisches Recht zu erfahren, wie es deiner Tochter geht.* Was dann folgte, war kaum zu glauben. Hannelore war am Amazonas, kümmerte sich um Ureinwohner mit Steinzeitgesichtern, trug auf diese Weise *Familienschuld* ab, wie sie schrieb. Wir sollten ihr dankbar sein.

Dietrich verschwieg, dass Hannelore ihn vor ihrer Abreise ins Vertrauen gezogen hatte, nur ihn. Reinhard und Reingard sind zu jung, hatte sie gesagt, Joachim ist ein zynisches Arschloch, aber du, Dietrich, du bist der Empfindsamste von uns allen. Du bist der einzige, der mich verstehen könnte, wenn du nur wolltest! – Der Empfindsamste? Was für ein Unsinn! Das wollte er nicht sein, das war er nicht. Ein Neugermane hat das Herz auf dem rechten Fleck, aber er ist nicht *empfindsam*.

Hannelores Ermutigung, er solle auch Tabula rasa machen, alle Brücken abbrechen, woanders ganz neu beginnen, hatte ihn verstört. Brüsk hatte er zwar ihren heißen Appell zurückgewiesen (Ein Pernauer desertiert nicht!), aber im dunklen Hintergrund hatte er sich dauerhaft festgesetzt und trat gelegentlich ans Tageslicht. Hätte ich vielleicht wirklich …? Habe ich da wieder einmal etwas falsch gemacht? Wäre ich heute glücklicher und freier, wenn …?

5
Das ist der Schoß, aus dem die Schlaganfälle kriechen

Ungeduldig wartete Dietrich auf den Marschbefehl des großen Bruders. Gemeinsam würden sie Mutti davon überzeugen, dass der Verkauf an die Russen die beste Lösung wäre. Das wirtschaftliche Argument ist nicht immer das vorrangige, schließlich gibt es auch Freundschaft, Ehre, Heimat und dergleichen, aber in diesem Fall bleibt das Ökonomische konkurrenzlos. Joachim hatte recht: Um den Rang eines Familienjuwels einnehmen zu können, fehlte dem Wutscherhäusl die Eindeutigkeit.

Tag für Tag war verstrichen, ohne dass Joachim ihn kontaktiert hatte. Dietrich wurde unruhig, wollte nicht mehr warten, griff selbst zum Telefon: Ob Joachim noch an seinem Vorhaben festhalte. Wann und wo das Gespräch mit Mutti stattfinden solle. Und ob es Neuigkeiten von den Russen gäbe, zum Beispiel einen Zeitplan.

Ja, klar, das Projekt sei am Laufen, sagte Joachim. Grundsätzlich, also ganz *grundsätzlich* gäbe es nichts Neues … Das eine oder andere Detail vielleicht, da müsse er noch nachverhandeln. Und das Gespräch mit Mutti … „Ach, Dietrich, du weißt, ich bin derzeit nicht gut angeschrieben bei ihr, und du bist sowieso der bessere Diplomat. Würdest du da einmal ohne mich vorfühlen? Sei so lieb. Bis bald!“

Sei so lieb! Einerseits Enttäuschung, andererseits Aufwertung. Die von Dietrich herbeigesehnte Koalitionsoperation sagte Joachim ab, schob sie zumindest auf; andererseits traute er ihm, dem kleinen Bruder, die hohe Kunst der Überzeugungsrede zu. Dietrich fühlte sich respektiert, das stärkte ihn, aber wenn er mit seiner Mission scheiterte, was dann? Er wollte nicht der Versager sein, der alles vermasselt hatte.

Keine übertriebenen Selbstzweifel, Dietrich, du willst es und du schaffst es! Er zog Ratgeberliteratur heran – *In dreißig Minuten zum Redner werden* –, legte sich nicht nur Worte und Sätze zurecht, sondern auch die drei Tonlagen *verständnisvoll, sachlich-bestimmt, heiter-optimistisch* sowie den aufmerksamkeitsbindenden Blickkontakt.

„Meinst du denn, Joachim und mich schmerzt es nicht, dieses kleine Paradies der Familie aufzugeben? Aber Gefühle sind eine Sache, die Fakten sind eine andere. Das würde Vati ganz sicher auch so sehen. Du, ich hab noch seine Stimme im Ohr: Was getan werden muss, das muss getan werden! Keine Müdigkeit vorschützen, keine Wehleidigkeit zulassen!“

„Ja“, sagte Hildegard gerührt, „so hat er das immer gesagt. Ach, der Otto, der fehlt mir so.“

„Uns allen fehlt er."

„Viel zu früh ist er von uns gegangen."

Als Dietrich die Elternvilla verließ, war er seiner Sache sicher. „Wahrscheinlich hast du recht", hatte Mutti zum Abschied gesagt, „trotzdem ist es traurig."

Sofort informierte er Joachim: „Es ist gut gelaufen. Zu achtzig Prozent haben wir sie im Boot."

„Achtzig ist viel", sagte Joachim, „danke, Dietrich, danke fürs Erste! Du hörst von mir."

Danke fürs Erste, du hörst von mir! War das alles? Etwas mehr Interesse, Begeisterung und Lob hatte sich Dietrich schon erwartet. Aber er wollte sich die gute Laune nicht nehmen lassen. Aumaiers Gastgarten kam ihm da gerade recht. Ein saftiges Schweinskotelett, ein kühles Weizenbier – so heimatlich sollte dieser wolkenlose Juliabend enden. Am Nachbartisch saßen zwei hübsche junge Männer. Das Glück ist ein Geschenk des Augenblicks.

Zur selben Stunde, in der Dietrich in Aumaiers Gastgarten tabulos über die Liebe nachdachte, wandte sich Hildegard Pernauer in ihrer einsamen Not an Reinhard: „Ich fühle mich von Dietrich so richtig bedrängt ..."

„Lass dir, bitte, von Dietrich nichts aufschwatzen", sagte Reinhard am Telefon, „und beruhige dich. Lass dich zu nichts drängen! Lass dir Zeit! Das ist weder die Entscheidung von Dietrich noch die von Joachim. Es ist auch nicht meine Entscheidung, sondern einzig und allein deine! Hol dir den Rat von Unbeteiligten und … warte mal … Was sagst du, Rebekka? … Ja, genau, Rebekka sagt gerade: Vertrau deinem Bauchgefühl! Ich soll dich küssen von ihr! Mutti, du bist die Fürstin des Wutscherhäusls! Sei auch die Königin deiner Gefühle! Ihr seid frei, Majestät!“

Ach, der Reinhard, der fand immer so schöne Worte, aber Hildegard wollte nicht frei sein, Hildegard wollte Beistand … Reingard! Die verstand sie am besten, wenn es um das Wutscherhäusl ging. Mit der musste sie unbedingt noch reden. „Ich weiß, dass es spät ist, Reingard, aber ich muss noch mit dir reden. Dietrich war heute bei mir. Er und Joachim tun ja gerade so, als wär das Wutscherhäusl schon verkauft.“

Reingard war außer sich. Joachim und Dietrich, das Kapitalistenkomplott, die Mafia der eiskalten Profiteure! Ihr energischer Anruf erlegte Dietrich noch in Aumaiers Gastgarten. Soeben war das dritte Weißbier eingetroffen.

Ob er die Mutter ins Grab bringen wolle mit seinen Drohungen und Erpressungen! Sein hinterfotziges Intrigantenmaul solle er gefälligst halten!

„Solange Waldemar noch über den Kauf nachdenkt, liegt die Sache auf Eis! – Allerdings denkt der nach! Und wie der nachdenkt! Und wenn Waldemar nachdenkt, dann denkt wirklich etwas!

Der hat nämlich nicht so ein Spatzenhirn wie du, Dietrich! Oder haben sie dir das bei der letzten Mensur auch noch weggesäbelt!"

„Du bist so vulgär wie das dümmste Bassenaweib!", brachte Dietrich mit vor Wut zitternder Stimme gerade noch heraus, dann drückte er Reingard weg. Inwendig tobend wie ein Gewalttäter, aber äußerlich versteinert saß er noch eine geschlagene Stunde vor seinem Weißbier. In der Nacht fand er keine zwei Stunden Schlaf. Das Morgenwetter war unnötig schön. Er musste mit Joachim sprechen. Sofort.

„Gut, dass du dich meldest, Dietrich", sagte der Bruder, der mit Birgit und den Buben noch beim Samstagsbrunch saß. „Warte kurz, ich gehe ins Arbeitszimmer." Birgit verdrehte die Augen und seufzte.

„So, jetzt können wir ... ja, natürlich ... Dietrich, du brauchst mir nicht alles haarklein zu erzählen. Reinhard und Reingard haben mich heute schon angerufen, ich hab auch schon mit Mutti gesprochen. Und ich konnte sie wieder einigermaßen beruhigen ... Hör zu, Dietrich, ich nehme einen Teil der Schuld auf mich. Ich hätte dir dieses heikle Gespräch nicht so leichtfertig übertragen dürfen. Ich hab dich da offensichtlich überschätzt ... Dietrich, du brauchst dich mir gegenüber nicht zu verteidigen. Ich glaube dir gerne, dass du mit den besten

Absichten … aber du weißt, die Absicht ist das eine, die Wirkung das andere … Dietrich, wir sollten die Sache jetzt nicht in alle Richtungen auswälzen … Ich kann und will das nicht beurteilen, ich war ja nicht dabei … Wie du was in welchem Tonfall gesagt hast, was du angeblich gar nicht gesagt hast und was du sonst noch gesagt hast, wissen nur zwei Menschen, du und Mutti. Ich nehme nur die Scherben wahr, die dein unüberlegter Vorstoß hinterlassen hat. Daher bitte ich dich herzlich: Entschuldige dich bei Mutti in der bestmöglichen Form und nimm dich eine Weile aus dem Spiel, damit wieder Ruhe einkehrt in der Familie."

„Ruhe?! Sag das nicht mir, sondern Reingard!"

„Der sag ich es sicher auch. Aber du weißt, Reingard ist sehr gefühlsbetont, eine Getriebene in gewisser Weise. Man muss nicht alles auf die Goldwaage legen, was sie in ihrer Wut ausspuckt. Sie ist eine Frau."

„Weißt du überhaupt, was sie mir alles an den Kopf geworfen hat?"

„Ich kann es mir vorstellen. Aber gib ihr ein bisschen Zeit. Wenn Waldemar, wie sie mir heute versichert hat, das Wutscherhäusl kauft, dann löst sich der Geschwisterzwist im Hause Pernauer wie von selbst auf. Alles ist wie gehabt und das nächste Sonnwendfest so gut wie programmiert."

„Und die Russen? Was ist mit den Russen? Die legen doch viel mehr auf den Tisch, sagst du."

Joachim seufzte. „Dietrich, du weißt, ich schätze dich, aber gestatte mir eine kleine, vorsichtige Kritik unter Brüdern. Geld ist eine Sache, familiärer Zusammenhalt eine andere. Da kann man schon auch mal den einen oder anderen Abstrich machen. Ich weiß, dass dir das nicht so leicht fällt, aber spring da, bitte, über deinen Schatten. Denk zumindest darüber nach. Und eines wollen wir auch nicht vergessen: In letzter Instanz entscheidet Mutti, sie ist die Besitzerin."

Als Joachim zum Brunch zurückkam, war der Tisch abgeräumt. „Was soll das?"

Birgit schleuderte den Brotkorb durch den Raum, dass die Brösel flogen. „Um halb neun ruft Mutti an, um neun Reinhard, um neun Uhr vierzig Reingard, um zehn Uhr zehn Dietrich. Frühstücke doch mit deiner gestörten Familie in eurem verfluchten Wutscherhäusl!"

Dietrich sank nach seinem Telefonat mit Joachim fassungslos in den Ohrensessel. Dem treulosen Bruder wünschte er alle Rachegöttinnen dieser Welt an den Hals. Schmerzvoll eingeklemmt zwischen seinem hilflosen Zorn über das Unrecht, das ihm die Familie antat, und der Verdrossenheit über das eigene Versagen, sehnte er sich nach einem gütigen Ohr, das hörte wie sein eigenes. Hannelore käme in Frage – oder Onkel Harald. Aber Hannelore war verschollen und Onkel Harald tot. Freunde hatte er nicht, er hatte Bundesbrüder. Sollte er „Hagen“ Hausmann anrufen oder „Odin“ Borkmayer? Wozu? Dass ein Krug mit frisch gezapftem Hellem hilfreich ist, wenn es darum geht, Haltung zu wahren, wusste er selbst.

Dietrich fühlte sich müde, erschöpft, nervös, angespannt, fiebrig, vernichtet. Im Nachtkästchen fand er zwei Schlaftabletten. Er schloss Fenster und Jalousien, sperrte Sommerlicht und Hitze aus, fiel aufs Bett und lag dort sieben Stunden in schweren Träumen.

Donnergrollen und Regenprasseln weckten ihn auf. Dietrich öffnete die Terrassentür, stellte sich einige Minuten lang nackt in den Gewitterregen, spürte sich. Nach einer warmen Dusche war er wie neugeboren und konnte wieder klare Gedanken fassen. Mit Reingard würde er kein Wort mehr reden. Mit Joachim auch nicht, zumindest vorläufig nicht. Wie konnte ihn sein Bruder so grundlegend missverstehen? Warum hatte er ihn überhaupt in diese ärgerliche Sache hineingezogen? Was war mit dem Angebot der Russen? War es nun solide oder nicht? Und warum hörte ihm Joachim nicht zu, ließ ihn nicht ausreden? Es war doch sein gutes Recht, das Gespräch mit Mutti aus seiner Sicht darzustellen. Und Mutti?

Nun gut, Mutter bleibt Mutter. Morgen würde er sie anrufen. Wenn sie sich wirklich bedrängt fühlte, wie Joachim behauptete, dann könnte er sich ja eine Entschuldigung herausquetschen.

Dietrich hatte Hunger, legte Speckscheiben in die heiße Pfanne, schlug drei Eier darüber, ließ es sich tüchtig schmecken. Für die Abendstunden öffnete er eine Flasche Blauburgunder und holte das große Toplitzsee-Puzzle mit den 2000 Teilen aus dem Kasten. Puzzle waren seine stille Leidenschaft. Dazu wollte er wieder einmal den *Freischütz* hören, von vorne bis hinten. Die Welt rückte von ihm ab.

Den Sonntag begrüßte der spät erwachende Dietrich in heiterer Laune. Selbst einen fröhlichen Badeausflug schloss er nicht aus. Vorher würde er aber noch seinen guten Vorsatz ausführen und Mutti anrufen.

Hildegard Pernauer war gerührt, fand es wirklich lieb von Dietrich, dass er sich meldete nach dieser bösen Verstimmung, räumte unaufgefordert ein, sie habe vermutlich überreagiert.

„Weißt du, mich nimmt das alles so mit“, sagte sie.

„Versteh ich, Mutti. Aber wenn Waldemar das Wutscherhäusl nun doch kauft, wird ja alles gut.“

„Waldemar? Wie kommst du denn darauf?“

„Joachim hat derartiges angedeutet.“

„Ach Gott, Dietrich, dann weißt du das Neueste nicht.“

„Was?“

„Nichts Gutes. Waldemar liegt im Krankenhaus. Der hatte gestern in der Seilergasse einen schlimmen Schlaganfall …“

Dietrich strich den Badeausflug, holte einen abgegriffenen Stadtplan aus der Kommode und breitete ihn auf dem Esstisch aus. In der Seilergasse ist Waldemar zusammengebrochen. Schau an, das ist ja interessant! Die Seilergasse liegt genau in der geografischen Mitte zwischen dem Haus, das Waldemar mit seiner Geliebten bewohnt, und dem, das er mit seiner Frau Annegret bewohnt hat. Schicksalhaft, dachte Dietrich, ein Zerrissener, ein Überforderter, zusammengebrochen unter dem Albdruck des Hin und Her. Da die Gattin mit Familie, dort die Geliebte, auch mit Familie, und mit was für einer! Ja, lieber Waldemar, das ist der Schoß, aus dem die Schlaganfälle kriechen.

Auf der unzuverlässigen Grundlage von Hildegards dramatischer Schilderung rekonstruierte Dietrich die Chronologie der Ereignisse. Das war Reingards Geschoß, dachte er und stellte sich Waldemar in der hohlen Gasse vor. Ich erwarte Taten von dir, brüllt sie ihren verdatterten Waldi an, blöde Ausreden fallen mir selbst ein! Bring deinem bösen Weib endlich bei, dass wir das Geld nicht für irgendeinen spleenigen Luxus brauchen, sondern für die Rettung eines Familienjuwels. Das ist eine Frage der Würde. Versteht die das nicht, die blöde Kuh? Und vor allem: Verstehst *du* das nicht!?

Vielleicht hat Waldemar genau das versucht, dachte Dietrich, er hat versucht, seiner Frau die

Würde des Wutscherhäusls zu erklären. Seine Annegret hat ihm aber was gepfiffen, und zwar klar und lautstark, deutsch und ohne Bemäntelung. Natürlich versteht Annegret, was ein Familienjuwel ist. Natürlich begreift sie, dass daran ein Herz hängen kann. Aber warum sollte ausgerechnet sie, die verlassene Frau, ihrer innig gehassten Konkurrentin einen Herzenswunsch erfüllen? *Was* willst du von mir, Waldemar?, hört Dietrich sie rufen, die Auflösung von ertragreichen Vermögenswerten verlangst du? Für einen extravaganten Mädchenwunsch deiner Konkubine? Den Weg hättest du dir sparen können! – Höhnisch lachend weist sie Waldemar die Tür. Und er muss jetzt seiner impulsiven Geliebten das Scheitern der Vertragsverhandlungen mitteilen. Exakt auf halbem Weg bricht der Verzweifelte zusammen. Hinter ihm Skylla, vor ihm Charybdis. Das ist der Fluch der Mitte.

So stellte sich Dietrich das vor, so stellte er sich Annegret vor. Er kannte sie nur aus den mitleidlosen Erzählungen in der Familie und aus Waldemars Klagen über den gefühlsarmen, spröden Machtmenschen, den er leider geheiratet hatte.

6
Die höchste Stufe männlicher Berufung

Onkel Harald hatte ihn auch gehabt, diesen Hang zum Mythischen, mehr zum antiken allerdings. Die nordischen Helden und ihre Götter hielt er für grobe Radaubrüder.

„Den Siegfried", hatte er zu Dietrich gesagt, „den Siegfried, den lasse ich gerade noch gelten, und dir zuliebe natürlich den Dietrich von Bern. Stelle aber deinen Siegfried neben meinen Odysseus. Mit der Ausschaltung des Kyklopen kann der mutige Drachentöter mithalten. Aber schon bei den Weibergeschichten ist Schluss mit bella figura. Dieser Betrug an Brünhild, dieses Männerkomplott mit dem unfähigen Gunter, das ist doch unverzeihlich. Unsaubere Geschichten von vorne bis hinten. Benimmt man sich so als Held? Die Odyssee hingegen! Das ist doch auch das Hohe Lied der Gattenliebe. Penelope heißt der Zielhafen, nicht Calypso! Der König, ein zäher Bursche, gibt nicht auf, kehrt heim, und zwar nicht nur durch Muskelkraft und Göttergunst, sondern auch mit Köpfchen! Den Listenreichen nennt ihn Homer. Verglichen mit Odysseus ist Siegfried ein Schwachkopf. Allein wie der zu Tode kommt! Richtig peinlich ist das, für ihn und für seine Kriemhild. Der grimmige Hagen ist hier der Listenreiche, ansonsten allerdings eine unsympathische, geistlose Vasallenseele, eine ganz und gar ungriechische Existenz. Der griechische Mensch, der ist der Liebling der Götter."

Onkel Harald, ein Cousin von Hildegard Pernauer, war Gymnasiallehrer für Latein und Griechisch gewesen, Altphilologe mit Leib und Seele, auch in seiner pädagogischen Privatphilosophie den alten Griechen zugetan. Platons *Gastmahl* zitierte er ausführlich und auswendig, am liebsten aus dem griechischen Original. *Aber was wäre dann Eros? Ein großer Dämon, denn alles Dämonische steht zwischen Gott und den Sterblichen …* Lehrer und Schüler, Meister und Jünger, das sei eine Sache der Anziehung. Eros der Seelen, vorrangig der Seelen, aber nicht nur, denn der Mensch ist auch Körper, gell?

Schön war für den ästhetisch gebildeten Griechen nur der wohlproportionierte Jüngling, sagte Harald zu Dietrich, wenn er ihn auf die Lateinschularbeit vorbereitet hatte und die abgegriffenen Bildbände mit antiker Plastik vom Regal holte. Dietrich betrachtete die Bilder der steinernen Jünglinge und dachte, dass Onkel Harald zwar selbst einmal jung gewesen war, aber ansonsten vom antiken Schönheitsideal erheblich abwich: ein filigranes Männchen eher als ein kräftiger Mann, knochig, mit haarloser Brust, dürren Beinen und schütterem Haupthaar. Nackt mochte er sich den Onkel gar nicht vorstellen. Wenn daher jemand in der Familie sagte „Der Dietrich, der kommt ganz nach der Linie vom Harald“, dann gab es ihm einen leichten Stich, für den er sich ein bisschen schämte, denn Dietrich mochte den Onkel Harald. Er besuchte ihn gerne, hörte ihm interessiert zu und fand in ihm auch einen guten Zuhörer, ein aufmerksames, gütiges Ohr.

Es fehlte nicht viel und Dietrichs junge Seele hätte eingewilligt in die Jüngerrolle, in der Harald ihn gerne gesehen hätte. Aber Haralds Willkommensumarmung war ihm ein wenig zu fest, und die Hand, die sich auf seinen unteren Rücken legte, lag da ein wenig zu lange und geriet zu oft in unsicheres Streicheln. Onkel Haralds Einladungen zu gemeinsamen Reisen nach Griechenland und Süditalien wich der Siebzehnjährige aus, sagte nicht ja und sagte nicht nein, ließ das peinliche Ansinnen einfach ins Leere fallen. Harald verstand das stumme Zeichen, zog aber seine Liebe nicht ab, sondern zeigte sie ab da mit platonischer Zurückhaltung. So war es besser.

Dennoch blieb eine vage Spannung in ihren Begegnungen, eine nervöse Hintergrundmusik des Unausgesprochenen. Harald wusste wohl, dass nur er, der Ältere, den Knoten lösen konnte. Der Ort, an dem er ihn zerschlug, war ein bedrückender, die Zeit eine sorgenvolle. Haralds Erkrankung war schwer, sein Leiden unheilbar. Er wusste, dass er das Krankenzimmer nicht lebend verlassen würde.

Als Dietrich ihn zum letzten Mal besuchte, sagte Harald unvermittelt: „Gib mir noch einmal deine Hand, Dietrich, Krebs ist nicht ansteckend. Du weißt, wie sehr ich dich mag, und ich ahne, was dich bedrückt. Schwul sein ist keine Schande, Dietrich, keine Krankheit und keine Charakterschwäche, was immer in deiner bornierten Familie darüber gequatscht wird. Du bist ein kluger, lieber Mensch und du sollst ein glückliches Leben haben. Das geht aber nur im aufrechten Gang der Freiheit."

Dietrich ließ Tränen fließen und umarmte den Todgeweihten länger und fester und inniger, als er ihn jemals umarmt hatte. „Das könnte der Beginn einer wunderbaren Freundschaft sein", sagte Onkel Harald, aber drei Wochen später war er tot und Dietrich war wieder allein.

Haralds letzte Worte hatten Dietrich zwar gestärkt, aber das Bekenntnis, zu dem er ihm geraten hatte, überforderte ihn. Wer wäre dafür der Adressat, und welche Worte wären tauglich? So etwas stehst du durch, wenn die stolze Phalanx deiner Freunde dir den Rückzug sichert, dachte Dietrich, die Liebe eines Toten ist dafür zu schwach. Und so blieb er für alle, wer er vor Haralds Tod gewesen war.

„Dietrich ist halt ein Eigenbrötler, der ist gern für sich allein", sagte Joachim.

Reingard hielt ihn generell für beziehungsunfähig. „Das ist was zutiefst Karmatisches", sagte sie, „eine schwere Störung."

„Ein Hagestolz wird selten glücklich", gab Hildegard zu bedenken. „Dem fehlt doch die Wärme eines Heims."

Und am Rande einer Weihnachtsfeier seiner Abteilung schnappte der heimlich lauschende Dietrich auf, wie zwei ältere Kolleginnen ihn kommentierten.

„Meinst du, der Pernauer ist schwul?"

„Vielleicht, aber eher glaube ich, der ist asexuell ..."

„Was soll das denn sein?"

„Doch, das gibt's, da hab ich neulich eine Doku gesehen ... Also, ein Asexueller, der ist nicht nur impotent, der hat gar keine Bedürfnisse. Das ist so ähnlich wie unmusikalisch."

O nein! Impotent war er nicht, und wie man den Begriff asexuell zu verstehen hat, darüber wäre zu sprechen. Da hätte er den Kolleginnen schon einiges erzählen können, wenn er gewollt hätte ... Unvergessen für immer: Er! Der Einzige! Der Größte! Gegen den *sie* waren, weil *er* für *uns* war ... Das war im April sechsundneunzig.

Er kommt! Er kommt wirklich! Die Botschaft hatte sich unter den Bundesbrüdern innerhalb weniger Stunden verbreitet. Er kommt zum nächsten Konvent! Dietrich, in diesem Jahr auf dem Höhepunkt seines politischen Engagements, fieberte der

Begegnung entgegen, sog dann jedes seiner Worte auf: *Grablegung der Altparteien … Dritte Republik … Volk, Kultur und Sprache … Wehrhaftigkeit unserer Bewegung … und unsere Vorfahren, liebe Kameraden, haben 1683 nicht die Türken vertrieben, damit die korrupten Internationalisten sie jetzt wieder ins Land holen!*

Ein Feuer war das, eine Kraft, ein Aufbruch! Dietrich hatte die übliche Scheu und Zurückhaltung abgelegt, leerte entschlossen Krug um Krug, erhitzte sich, wuchs über sich selbst hinaus, erzählte dem Parteiführer von der Studentenpolitik, von seinen Erfahrungen mit perfider Ausgrenzung, unverhohlener Aggression: Ein Argument aus meinem Mund, das zählt bei denen von vornherein nichts. Ich bin für diese Marxisten sowieso nur der Neonazi. So einem hört man grundsätzlich nicht zu! – Da legte ihm der Führer mit Festigkeit die Hand auf die Schulter, schaute ihm tief in die Augen und sagte: Ärgere dich nicht, Dietrich, wer nicht hören will, muss fühlen, das verspreche ich dir. Die Herrschaften werden sich noch wundern, was alles möglich ist!

Spät war es geworden, Zeit, Abschied zu nehmen. Aber Dietrich wich seinem Parteiführer nicht von der Seite, begleitete ihn bis zum Auto, war in einen bislang unbekannten Zustand geraten … Und als der Schorsch sagte: Was ist? Kommst du noch mit auf einen Absacker?, stieg Dietrich sofort ein. Die

Hotelbar durchquerten sie flott, gingen sofort aufs Zimmer. Ich will dich! – Ich dich auch! …

Nach einer Stunde stand Dietrich wieder auf der Straße, unfassbar glücklich, immer noch auf der Welle des soeben Erlebten. Es ist besser, wenn du jetzt gehst, hatte der neue Freund gesagt, frühstücken musst du ohne mich. Du verstehst schon, die Leute … Ja, das hatte Dietrich verstanden, das schon, aber mit den Folgewochen kam er nicht zurecht. Seine Erwartungen waren hoch. So eine Stunde, die konnte doch nicht folgenlos bleiben! Er hoffte auf ein Zeichen, eine Einladung, die Berufung in eine wichtige Parteifunktion. Es kam aber kein Zeichen. Keine Einladung. Keine Berufung. Nichts kam. Gar nichts.

Zwei Jahre später war er ihm noch einmal begegnet, ihm, dem Schorsch, dem Führer, dem Geliebten, am Rand einer Parteiveranstaltung. Gestupst vom letzten schwachen Hoffnungsstoß hatte sich Dietrich an die Tribüne herangedrückt, vor der das begehrte Idol viele bedürftige Hände schüttelte … Hallo, Schorsch … Der fragende Blick des Angesprochenen: Wir kennen uns, glaub ich. – Allerdings. – Ja, ich erinnere mich, äh, Andi, gell? – Dietrich … – Richtig! Dietrich! Schön, dass du auch da bist.

Auch, ja, er war *auch* da, der „Andi". So wie alle anderen …

So hoch war Dietrichs Leib nie mehr geflogen, so tief nie mehr gefallen. Was in den nächsten Jahren folgte, war hingegen gewöhnlich und aussichtslos. Sein Gefühl, etwas Verwegenes zu tun, zeigte sich nur selten als diabolische Lust am Bösen, meist war es das Scham- und Schuldgefühl des verlorenen Sohns, der seiner Familie Schande machte.

Um die Begegnung mit Bekannten oder gar Verwandten zu vermeiden, besuchte er einschlägige Lokale und Toiletten in ferneren Städten, holte sich fahrig die schnelle Befriedigung. Mehr mochte er es, sie anderen zu verschaffen, als gute Tat sozusagen. Aber wie auch immer diese Nächte verliefen, in den Morgenstunden lag Dietrich in irgendeiner Hoteleinsamkeit, unglücklich, erschöpft und nervös.

Solch analoger Lustfahrten eines routinierten Verkehrsteilnehmers wurde er im Laufe der Jahre müde. Dietrich digitalisierte seine Sexualität, masturbierte gemeinsam mit Internet-Bekanntschaften. Der Mehrwert der Digitalisierung war überschaubar. Die Ekstasen des Leibes, von vielen gepriesen, gefeiert, besungen als höchste Wonne, hatte er nur einmal erlebt – mit Schorsch, der seit Jahren tot war. Doch alle Lust will Ewigkeit …

Georg „Parzival“ Baumeister war Alter Herr bei den Neugermanen, ein emeritierter Mediävist. Nächstes Jahr würde er den Achtziger feiern, immer noch rüstig, trotz Diabetes und Bluthochdruck. Dietrich mochte ihn. Von ihm bezog er sein Halbwissen über das deutsche Mittelalter und ihm verdankte er den Hinweis auf Otto Weininger – „ein Jude zwar, der Weininger, aber du weißt, Dietrich, den Antisemitismus unserer Bewegung habe ich immer für einen Irrtum gehalten, den plumpen Antisemitismus nämlich."

Dietrich war kein begeisterter Leser, aber *Geschlecht und Charakter* hatte er verschlungen, manche Abschnitte sogar zweimal gelesen, markante Sätze unterstrichen, Anmerkungen an den Rand geschrieben, für eigene Gedanken mehrere Dateien angelegt. Das war total plausibel, was dieser Weininger schrieb, das löste mit einem Schlag die großen Welträtsel. Alles Dasein ist erklärbar aus dem Kampf zwischen dem männlichen und dem weiblichen Prinzip. Das weibliche Prinzip ist die Natur, das Empfangende und Gebärende, Passivität. Das männliche Prinzip ist das zeugende, das erschaffende, die Tat, der Geist. Nicht nur in Mann und Weib realisieren sich die zwei Urkräfte, sondern auch in den Völkern. Es gibt männliche Völker und weibliche – und siehe da, dieser junge Jude war scharfsichtig und selbstkritisch genug gewesen, um zu erkennen, dass die Arier das männlichste Volk von allen sind, berufen zu Tat und Herrschaft, das weiblichste hingegen sind – ha! – die Juden!

Was Dietrich aber noch mehr beschäftigte als die weltweite Überlegenheit des arischen Mannes über alle anderen Lebewesen, war die These, dass dem Weib alles Geistige wesensfremd sei, weil ihre Sphäre naturgemäß die Natur ist, die fruchtbare Erde, die Sexualität, woraus Weininger messerscharf schloss, dass dem Weibe nur zwei Daseinsformen wesentlich seien: Mutterschaft oder Hurerei. Und je mehr sich der Mann vom Weib in diese niedere Sphäre hinabziehen ließe, umso mehr verlöre er seine Bestimmung zu wachem Geist und großer Tat, zu Religionsstiftung, Reichsgründung, Wissensvermehrung und Kunst!

Männliche Keuschheit, Konzentration aller Kräfte auf das geistige Prinzip, das ist das wahre Heldentum! Diese These nahm Dietrich auf wie einen an ihn gerichteten Weckruf. Freilich hätte man nun einwenden können, dass beim homosexuellen Mann die Anziehungskraft nicht von der niederen Natur des Weibes ausgeht, sondern von der naturgemäß geistigen Substanz des männlichen Geschlechtsgenossen. Dietrich verhedderte sich in der gewagten These, dass dem Wesen des homosexuellen Mannes zu viel Weibisches beigemengt ist. Über die Konsequenz, die er selbst aus dem Gelesenen ziehen musste, war er sich aber klar: Enthaltsamkeit. Keuschheit. Reinheit. Nur so würde er die höchste Stufe männlicher Berufung erringen.

Wenn daher die beiden Damen bei dieser Weihnachtsfeier der Abteilung Vermutungen über den vermeintlich asexuellen Kollegen Dietrich Pernauer angestellt hatten, dann hätte er ihnen schon erklären können, wie er zum Asexuellen geworden war. Aber das hätte sie überfordert, diese zwei natürlichen Sklavinnen ihrer Mutterschaft. Die Vorstellung, seine Kolleginnen in seine Weininger-Interpretation einzuweihen, verschloss Dietrich die Lippen. Anstelle der respektvollen Bewunderung, die ihm nach eigenem Ermessen gebührte, hätte er wahrscheinlich nur ungläubiges Staunen und verlegenes Kichern ausgelöst. Und hinter seinem Rücken wäre gewiss ein sehr dummer, böser Satz gefallen: Der Pernauer hat auch nicht alle Latten am Zaun.

7
Sehr interessiert waren die Russen von Anfang an nicht

Ja, er war beleidigt! Und nein, er würde sicher nicht anrufen, keines seiner Geschwister! Joachim hatte ihn in diese aussichtslose Schlacht um das Wutscherhäusl gehetzt, um ihm nach verlorenem Waffengang vorzuwerfen, dass er losgezogen war. Sehr brüderlich! Sehr fair! Reingard hatte ihn grob beschimpft. Und Reinhard hatte den Oberpädagogen markiert: Dietrich, Dietrich, wie alt musst du werden, um zu kapieren, dass man so nicht mit seiner Mutter redet? Ausgerechnet Reinhard! Ausgerechnet dieser hedonistische Egomane, der Mutti nicht nur das halbe Vermögen gekostet hat, sondern auch die letzten Nerven! Es war unfassbar!

Nach vier Wochen Schweigen hörte er Birgits freundliche Stimme. Sie habe mitbekommen, wie seine Geschwister mit ihm umspringen. Er solle sich das bloß nicht zu Herzen nehmen. *Er* habe doch gar nichts falsch gemacht in dieser lächerlichen Sache, *er* am allerwenigsten. Na, und jetzt heißt es sowieso: Zurück an den Start! Das einzigartige Familienjuwel – Birgit wechselte in den Ton der Spottrede – ist glücklicherweise wieder in Pernauer-Hand.

„Waldemar kauft es nicht?“, fragte Dietrich.

„Waldemar? Wohl kaum! Der ist ja wieder bei seiner Annegret.“

„Ach!“

„Unbequem für unsere entzückende Reingard! Sugardaddy weg, Versorgung weg, und das Wutscherhäusl kann sie sich vom Weihnachtsmann wünschen!“

„Wie geht es Reingard?“, fragte Dietrich und freute sich auf eine schockierende Auskunft.

„Einmal heult sie, einmal tobt sie, einmal macht sie auf cool und behauptet, *sie* hätte *ihn* verlassen, wenn er nicht freiwillig gegangen wäre, was ich ihr übrigens zutraue. Männer sind zwar ihr Spezialgebiet, aber nicht als Pflegefälle!“

„Hat es Waldemar so schlimm erwischt?“

„Nicht *sehr* schlimm. Aber es wird noch dauern, bis er sich erholt hat. Linksseitig ist er bewegungseingeschränkt und das Sprechen fällt ihm schwer.“

„Der arme Hund“, sagte Dietrich.

„Na ja, einerseits, andererseits hat er sich das auch selbst eingebrockt, der alte Trottel.“

„Und das Wutscherhäusl? Kaufen es jetzt die Russen?“

„Ach geh, die Russen, die haben sich schon längst verabschiedet. Und wenn du mich fragst, Dietrich, sehr interessiert waren die von Anfang an nicht. Joachim hat das zugegeben. Da gab es halt einmal einen Anruf von diesem Sergej, und unserer gieriger Joachim hat gleich das ganz große Geld gewittert. Aber der Herr Sergej hat sich nie mehr gemeldet. Die haben sicher ein interessanteres Objekt gefunden."

Dietrich saß starr unter dem Maulwurf-Bild und rang um seine innere Ordnung: Sehr interessiert waren die Russen von Anfang an nicht ... Nur ein Mal ein Anruf ... Und für diese blasse Achtelchance, diese weniger als vage Aussicht zettelt Joachim ein Familiendrama an!? Für so ein Fast-gar-nichts hetzt er mich in ein Gespräch mit Mutti!? Und obwohl mittlerweile alle wissen, dass das Russen-Geschäft von Anfang an eine Illusion war, findet es niemand angebracht, sich bei mir zu entschuldigen? Nicht einmal meine eigene Mutter? O Hannelore, hätte ich doch auf dich gehört!

„Das Tischtuch ist zerrissen", murmelte Dietrich, „aber kapituliere nicht, Dietrich von Bern, kühner Held, du bist gesund und frei und hast alle Sinne beisammen! Du brauchst diese Familie nicht, diese Anti-Familie!"

Waldemar tat ihm leid. Was für eine Niederlage! Da zieht einer aus, um spät das große Glück zu erjagen, aber der Zauber erweist sich als Fluch und die Märchenprinzessin als böse Hexe. Waldemars hinkende Heimkehr zu Annegret stellte sich Dietrich bedrückend vor, beklemmend und demütigend. Erwartet ihn ein liebendes Frauenherz, das großmütig verzeiht? Dietrich hielt es für unwahrscheinlich. Er rechnete eher mit dem vorwurfsvollen Pflegetriumph einer schwer gekränkten Brünhild: Da bist du ja wieder, Bürschchen, schlecht schaust du aus. Jetzt hab ich dich!

8
Der Konvent franste unschön aus

Vati und Opa nannten sich Wagnerianer. „Kein Künstler hat die deutsche Seele so gut verstanden wie Wagner!" Oder „Wagner! Unübertroffen! Ein Genie!" Solche Sätze sagten sie und gebrauchten Worte wie *ergreifend*, *erhebend*, *bewegend*. Opa sagte auch: „Das Gesamtkunstwerk. Ein einziger Rausch!"

Dietrich hatte die in der Familie benützten Wagner-Formeln schon früh im Kinderhirn gespeichert, einsetzbar für späteren Gebrauch. Das Innere eines Opernhauses sah er zum ersten Mal als Zwölfjähriger. Die Musiklehrerin hatte den Ehrgeiz, ihrer Klasse den Zugang zur Welt der Oper aufzustoßen. Mozarts *Zauberflöte* schien ihr dafür der geeignete Schlüssel zu sein.

Der erste Akt gefiel dem jungen Dietrich ganz gut. Eine gefährliche Riesenschlange, ein Prinz, ein komischer Vogelmensch … *Der Vogelfänger bin ich ja*, ein Lied zum Mitsingen. Aber die schrillen Töne, ausgestoßen von der Königin der Nacht, erinnerten Dietrich unangenehm an das hysterische Kirren von Tante Berta. Außerdem war nicht klar, ob die Königin zu den Guten oder den Bösen gehörte. Ein gewisser Sarastro hatte ihr angeblich die Tochter weggenommen. Kein Wunder, dass in ihrem Herzen der Hölle Rache kochte.

Je weiter die Handlung vorankam, umso uninteressanter wurde sie für Jung-Dietrich. Heilige Hallen mit dicken, alten Priestern fand er öde, antiklerikal waren die Pernauers sowieso. Worum ging es da eigentlich, bei diesen Feuer- und Wasserproben? Die Musiklehrerin hatte irgendetwas über Freimaurer gesagt, aber Dietrich hatte es nicht verstanden. Da aber auf der Bühne bis zum Schluss ohnedies nichts gebaut wurde, waren diese Maurer sicher nicht so wichtig.

„Ich hoffe, ich konnte euch ein bisschen neugierig machen auf die Welt der Oper", sagte die Musiklehrerin bei der Nachbesprechung. Einige Mädchen nickten heftig, Marlenes spontaner Ausruf „Voll super!" klang fast ehrlich, andere murmelten lauwarme Zustimmungen. Dietrich hätte gerne den rotzigen Oppositionellen markiert: Na ja, Kino find ich auf jeden Fall besser. Er sagte es aber nicht. In seinem Innersten erwachte eine unbekannte Instanz und warnte: Vorsicht, Dietrich, mit so einem Sager stehst du als primitiver Blödmann da! Ihm fiel etwas viel Besseres ein.

„Wagner ist größer als Mozart. Kein Künstler hat die deutsche Seele so gut verstanden wie Wagner!"

Die Musiklehrerin lächelte zweideutig: „Aha, so siehst du das. Bist du Wagnerianer? Oder vielleicht dein Herr Papa?"

Die Mitschüler starrten Dietrich an, als käme er aus einer anderen Welt. Ab da galt er in seiner

Klasse als Klugscheißer, der einfach nur nervt. Klassenbester in Mathematik, das kann man tolerieren, aber zusätzlich auch noch Wagnerianer, das ging zu weit!

Die Musiklehrerin wurde in der vierten Klasse von einem männlichen Kollegen abgelöst. Für Josef Hintenaus, zu dem alle Schüler *Papa Joe* sagen durften oder mussten, war die klassische Oper kein Thema. Er hatte immer seine Gitarre dabei, man sang Populäres in englischer Sprache und besuchte gelegentlich Rockkonzerte. Vater Pernauer beschwerte sich beim Direktor, blieb aber erfolglos.

„Ich verstehe nicht, was Sie wollen, Herr Doktor Pernauer. Der Kollege Hintenaus ist in unserer monatlichen Rankingliste der beliebtesten Lehrkräfte Zweiter. Er kann die Jugend für Musik begeistern, und darum geht es doch letztlich."

Vater Pernauer erwiderte, dass dieser angeblich so großartige Pädagoge nicht die Jugend für Musik begeistere, sondern lediglich die Musik mache, für die sich die Jugend ohnehin begeistere, das sei anbiedernd und populistisch.

Der Direktor ersuchte um Humor und Toleranz: „Na ja, Populismus ist eben ein Zeitphänomen. Es gibt harmlose Formen und gefährliche. Papa Joe gehört zu den harmloseren."

Begeisterung, darum schien es jedenfalls zu gehen. Papa Joe nannte es den Flow und meinte Freddy

Mercury. Opa sprach vom Rausch und meinte Richard Wagner. *Rausch*, was für ein Wort! Für den siebzehnjährigen Pennäler das anziehendste! *Das Gesamtkunstwerk, ein einziger Rausch!* Opas Satz ging ihm nicht aus dem Kopf. Dietrich wollte es endlich aufschlüsseln, das tiefe Geheimnis wahrer Musik.

Das Liedgut der Neugermanen schien ihm dafür ungeeignet. *Unsrer Väter gold'ne Worte – Freiheit Ehre Vaterland* oder *Student sein, wenn die Hiebe fallen im scharfen Gang, der selbstgewählt*, gesungen vom Kneipkonvent der Neugermanen im Vollwichs, das berührte schon das Herz. Dennoch blieb es ein Seelenrausch auf Halbmast, zumal die Gesangsleistungen der Bundesbrüder uneinheitlich waren. Dietrich selbst hatte das vage Gefühl, er setze den angepeilten Ton manchmal zu hoch an, vielleicht auch zu tief.

Die Familie war leider nicht sehr hilfreich. Richard Wagners Musik war für Opa und Vati zwar die höchste, die Zahl ihrer Opernbesuche blieb hingegen die niedrigste, nämlich null. Man war in der Familie Pernauer darin einig geworden, dass die zeitgeistigen Operninszenierungen für einen wahren Musikfreund unzumutbar waren.

„Wagner würde sich im Grabe umdrehen!", sagte Vati, und Opa meinte: „Unter Furtwängler wäre so eine Schweinerei undenkbar gewesen! Aber heute führen die Marxisten sogar in Bayreuth das große Wort."

Dietrichs Vermutung, im CD- und LP-Fundus des Elternhauses befänden sich ältere Aufnahmen von Wagner-Opern, erwies sich als verblüffender Irrtum. Einziges Fundstück war eine Langspielplatte im ausgebleichten Cover: *Die schönsten Opernchöre*. Unter den zehn schönsten drei allerschönste von Richard Wagner: *Tannhäuser*, *Der fliegende Holländer, Parzival.* Dietrichs Jünglingsherz pochte heftiger, er lauschte gespannt. *Freudig begrüßen wir die edle Halle, wo Kunst und Frieden immer nur verweil, wo lange noch der frohe Ruf erschalle: Thüringens Fürsten, Landgraf Hermann, Heil!*

O ja, das gefiel ihm! Würdig. Erhebend. In Ansätzen Gänsehaut. Ganz gewonnen für Wagner war Dietrich, als die Matrosen aus dem *Fliegenden Holländer* so richtig loslegten: *Steuermann, lass die Wacht! Steuermann, her zu uns! Ho! He! Je! Ha! … Hussahe! Hallohe! Hussahe, Steuermann, ha! Her, komm trink mit uns!* Der Rausch, da war er! *Hussassahe! Hallohohe!* Gänsehaut total! Nie mehr war Dietrichs Wille zu Wagner so stark wie in diesen Minuten.

Das unerforschlich waltende Schicksal wollte es, dass ausgerechnet in dieser Saison *Tristan und Isolde* auf dem Programm des Opernhauses stand. Ein Ritterdrama, wie es scheint. Und eine Liebesgeschichte. Die dürfte zwar ziemlich kompliziert sein, dachte Jung-Dietrich, aber das macht nichts. Da ist wenigstens was los. Die schräge Story erinnerte ihn an Verwechslungskomödien aus dem Fernsehen, in diesem Fall leider mit traurigem Schluss.

Vati und Mutti lobten Dietrichs Kunstbegeisterung, Opa zahlte die Eintrittskarte in der Preiskategorie 1A, warnte aber auch: Die Regie irgendeines verrückten Linksradikalen werde ihm gewiss den Musikgenuss verderben. Dietrichs Wille war stärker. Er wird fünf Stunden lang Wagners Musik hören, notfalls dabei die Augen schließen und so den Rausch optisch absichern.

Vorspiel heißt die erste Nummer … Eher was Langsames … und keine bekannte Melodie zum Mitsingen … Dietrich wartete auf den berühmten Tristan-Akkord. Er bereitete jedes einzelne seiner Körperhaare darauf vor, sich lotrecht aufzustellen, aber welcher dieser vielen Akkorde war nun der Tristan-Akkord? Er konnte nicht riskieren, dass sich die Haare beim falschen Akkord aufstellten. Das wäre blamabel!

Dietrich schaute auf seine Armbanduhr, wirklich ein schönes Gerät, das ihm Onkel Heinz da geschenkt hatte … Schon eine halbe Stunde und noch immer kein Matrosenchor, obwohl Tristan und Isolde per Schiff ins Unglück reisen. Gar kein *He* und kein *Ho*, kein *Hussassahe* und kein *Hallohohe …* Lange, sehr lange solistische Dinger. Sind das überhaupt Arien? Für Dietrich hörte sich alles gleich an, und er hätte schon in der ersten Pause gerne das Lokal gewechselt. Im Stadtkrug saß eine Pennälerrunde, aber den hämischen Triumph seines unerwarteten Erscheinens wollte er den Bundesbrüdern nicht gönnen, die wussten ja, dass er heute im Opernhaus war ... Dietrich hielt durch. Das ist wie bei einer Mensur, dachte er, da gibt man auch nicht auf ... Er hoffte, dass ihn der Liebestod am Schluss noch mitreißen würde, wenigstens auf halbe Höhe, aber alle Lust und alle Laune waren ihm schon verdorben ... Da war nichts mehr möglich. Dietrich applaudierte wie alle anderen.

„Na, wie war es?“, fragten Vati und Mutti.

„Ein einziger Rausch“, antwortete er. „Wagner ist wirklich ein Genie.“

Ab dieser verhängnisvollen Stunde galt Dietrich in seiner Familie als glühender Wagnerianer. Na, da ist der Apfel ganz nah zum Stamm gefallen, sagte man mit Hinweis auf Vati und Opa und schenkte Dietrich jahrelang Gesamtaufnahmen, Querschnitte und Eintrittskarten für Opernhäuser, in denen gerade Wagner gespielt wurde. Er reiste nach Stuttgart, Berlin, München. Zur Volljährigkeit herangewachsen, erkundigte er sich nach einschlägigen Lokalen mit Körperkontakt und spülte die zerrissenen Eintrittskarten in der Klomuschel hinunter. Auf der Heimreise fühlte er sich schmutzig, schuldig und minderwertig.

Seine Leidenschaft für das Puzzle – und von Leidenschaft im allerheftigsten Sinn muss man hier sprechen – entwickelte Dietrich erst als Dreißigjähriger. Laune des Zufalls oder unausweichliches Geschick? Man weiß es nicht. Als er nach Onkel Haralds Tod in dessen Wohnung gezogen war, hatte er – teils aus Sentimentalität, teils aus praktischen Erwägungen – die Einrichtung und einen großen Teil der Ausstattung behalten.

Wäre Haralds Geist erschienen und hätte gefragt: Wer hat auf meiner Matratze geschlafen, auf meinem Herd sein Süppchen gekocht? Wer ist auf meinem Sofa gelegen, hat in meinen Fernsehapparat geglotzt und dabei aus meinem Bleikristall getrunken?, dann hätte er nur eine Antwort gehört: Der Dietrich war's. Entfernt hatte Dietrich nur allzu Abgenutztes aus Küche und Bad und das abstoßende Bild des frechen Knechts über dem Sofa.

Zu Haralds Hinterlassenschaft gehörte auch ein Akropolis-Puzzle in Originalverpackung, ungeöffnet, ungebraucht, wahrscheinlich ein Geschenk, vielleicht auch *aus sehr lieber Hand*. Jahrelang lag es unbeachtet in der untersten Schublade einer Kommode, neben einigen Gay-Magazinen aus Dietrichs kleiner Geheimsammlung. Einer seltsamen Laune folgend nahm der von einem leer gebliebenen Wochenende gelangweilte Dietrich die Schachtel eines Abends heraus, öffnete sie und vertiefte sich bis weit nach Mitternacht in den

Wiederaufbau der Akropolis aus 1000 Teilen. Den akustischen Hintergrund zur Bautätigkeit spendete Puccini. Aus dem Radio erklang in unaufdringlicher Zimmerlautstärke *Madame Butterfly*. Für den sinnlichen Untergrund sorgte ein Fläschchen Blaufränkischer. Erhoben von solch schöner Dreieinigkeit aus Oper, Wein und Puzzle, verwandelte sich Dietrichs Wochenendeinsamkeit zur dionysischen Feier.

Verkroch er sich in dieses höchste aller kleinen Glücke, dann waren bisweilen sogar Richard Wagners Opern als Atmosphärenspender willkommen. Das *Tristan und Isolde*-Trauma der Jugend war überwunden, der gesamte *Ring des Nibelungen* in vier Fortsetzungen kein unüberwindliches Hindernis mehr. Dietrich begann, sein intimes Hauptabendprogramm als Gesamtkunstwerk zu inszenieren: Zu einem Riesling vom Rhein und *Rheingold* fügte sich hervorragend das *Rheinfall von Schaffhausen*-Puzzle in 500 Teilen. Oder: Das 1000-Teile-Puzzle *Menhire de Epoigny*, ein kräftiger Burgunder und *Siegfried*. Oder: Schloss Kaiserburg in 1000 Teilen, ein fränkischer Silvaner im Bocksbeutel und *Die Meistersinger von Nürnberg*.

Geschwächt vom Familienkrieg um das Wutscherhäusl und verletzt von den Ungerechtigkeiten, die man ihm dabei zugefügt hatte, suchte Dietrich vermehrt Trost und Heilung bei seiner *Puzzle*,

Wein & Oper-Therapie. Zum Wartburg-Puzzle in 1500 Teilen fügten sich *Tannhäuser* und ein rarer Sachsen-Wein. Man glaubt es ja gar nicht, in Sachsen wird tatsächlich Wein angebaut. Und schon geht's los! *Freudig begrüßen wir die edle Halle! Thüringens Fürsten, Landgraf Hermann, Heil!* – Als Dietrich dem feierlichen Einzug der Gäste auf der Wartburg ergriffen lauscht und gleichzeitig die ersten zwanzig Bauteile ineinanderfügt, denkt er mit Rührung an den Ausflug seiner Neugermanen zum Wartburgfest 2017. Pennäler, Burschen, Alte Herren, alle im Vollwichs und in tadelloser Haltung. 200-jähriges Jubiläum, da spürt man, was Tradition vermag, was Gemeinschaft heißt! Ehre, Freiheit, Vaterland, diese Worte sind nicht Schall und Rauch, sie stehen für ein Ideal.

Ergriffen von Bildern der Erinnerung gebiert Dietrichs Hirn eine originelle Idee. Er wird das beste Gruppenfoto vom Ausflug zum Wartburgfest als Puzzle herstellen lassen, in zwei Varianten vielleicht, 500 Teile für Einsteiger, 1000 für Ambitioniertere … eignet sich auch als Geburtstagsgeschenk für die Gattinnen. Und weil doppelt besser hält, legt Dietrich ein Foto vom letzten Stiftungsfest dazu, nicht so würdig vielleicht, aber launig und heiter: Hoch die Krüge!

So sicher Dietrich seiner außergewöhnlichen Idee gewesen war, als an besagtem *Oper, Wein & Puzzle-*

Abend der Schlussakkord des *Tannhäuser* verklungen war, so unsicher fühlte er sich plötzlich, als er, die Ansichtsexemplare von *Neugermania auf der Wartburg* und *Stiftungsfest 2017* in der Tragtasche, mit dem vertrauten Kreis seiner Bundesbrüder konfrontiert war. Würde seine Überraschungsgabe sie erfreuen und erheitern, wie er hoffte?

Die Konventsitzung verlief von Anfang an unglücklich. Wieder einmal brachen latente Meinungsunterschiede zwischen Traditionalisten und Reformern durch die Oberfläche. Einmal ging es um das Frauenbild, ein anderes Mal um Vererbung und Rasse, diesmal wurden die *Identitären* zum Zankthema. Kurt „Hildebrant" Graf wetterte gegen Abgrenzungswahn und Anbiederung an die linke Presse, erntete Beifall und stellte das Ende seiner Mitgliedschaft in Aussicht, wenn sich gewisse Modernisierungstendenzen durchsetzen sollten. Lothar „Artus" Steininger fühlte sich angesprochen und warnte davor, die Burschenschaften von allen gesellschaftlichen Entwicklungen abzuhängen. Das sei der sicherste Weg in die Bedeutungslosigkeit. Und seine kritische Meinung zum Neonazismus sei bekannt. Was die *Identitären* von sich geben, sei sicher nicht, was die Urburschenschaft gewollt habe.

Die Kontroverse blieb in dicker Luft hängen und versaute die Stimmung. Ausgerechnet jetzt war

Dietrichs heitere Überraschung an der Reihe, passend wie ein Hawaiihemd beim Akademikerball. Er fühlte sich wie ein Idiot, der im einsturzgefährdeten Haus dazu einlädt, einige Runden *Mensch, ärgere dich nicht* zu spielen … Zurück zum Start? Nein, es war zu spät. Er hatte die Ansichtsexemplare aus seiner Tragtasche gezogen und hörte sich selbst mit wachsender Verzweiflung zu, wie er mit unsicherer Stimme sein Mitbringsel erklärte … Nur so eine kleine Idee … Puzzle mit 500 Teilen, mit 1000 Teilen … Ausflug zur Wartburg … Stiftungsfest … Tja … Man könne das bei ihm bestellen …

Peinliches Schweigen, einige versteckten ihr Grinsen hinter den Bierkrügen. Götz, hoch in den Achtzigern stehend, polterte drauflos: Das Wartburgfest sei ihm heilig, eine ernste Männersache, kein Kinderspielzeug! Er lasse sich nicht verarschen! – Einige klopften mit ihren Klingen Beifall, andere schwiegen, Artus Steininger beschwichtigte, warnte vor Humorlosigkeit und meinte: Dietrich hat's gut gemeint.

Der Konvent franste unschön aus. Dietrich verließ den Schauplatz seiner Blamage mit gerötetem Kopf und tobte gegen sich selbst, den freien deutschen Blick wütend zu Boden gerichtet.

9
Ahmed, der böse Eunuch

Ich verlange Respekt!!!, lautete die Betreffzeile in Reingards Mail an ihre Mutter Hildegard und ihre Geschwister Reinhard, Dietrich und Joachim.

Liebe Mutti! Liebe Geschwister!

Ich schreibe „Liebe", obwohl ihr das nicht verdient, denn ihr seid nicht „lieb" zu mir. Ihr seid verletzend, rücksichtslos, respektlos und ohne jede Empathie. Dennoch strecke ich euch versöhnlich meine Hände entgegen, denn ich weiß jetzt, dass sich meine Seele in dieser fürchterlichen Familie inkarnieren musste, um eine Aufgabe zu erfüllen. Mein Erscheinen in eurer Welt gibt euch die Chance, eure Seelen aus einem jahrhundertealten Morast von Lüge, Betrug, Gewalt, Heuchelei und Missbrauch zu ziehen.

Nach Waldemars beispiellosem Verrat an mir bin ich zusammengebrochen. Meine Bioenergetikerin empfahl mir eine Rückführungstherapie bei ihrem Kollegen Friedhelm Batzel. Es zeigte sich nämlich, dass ich die Last einer karmatischen Verstrickung trage, deren Wurzeln tief in der Vergangenheit liegen, nicht nur in frühkindlichen und pränatalen Erlebnissen, sondern in früheren Inkarnationen. Auch wenn ihr es nicht wahrhaben wollt, wir alle haben nicht nur ein Leben, sondern mehrere. Wir durchlaufen sie, damit wir alle Erfahrungen sammeln können, die wir brauchen, um am Ende unserer Reise wieder zum Ursprung zurückzukehren, von dem wir aufgebrochen sind. Bis zum Konzil von Konstantinopel 553 war dieses Wissen um Ursprung, Sinn und höhere Gerechtigkeit sehr verbreitet. Die Kirche hat es verboten und der Menschheit damit den Zugang zu ihren Weisheitsquellen abgeschnitten.

Unser Tagesbewusstsein erinnert sich meist nicht an frühere Inkarnationen. Das hat seinen Sinn, denn die ständige Erinnerung an alles würde uns überfordern. In schweren Krisen kann es aber hilfreich und heilsam sein, in die dunkle Tiefe der Zeit hinunterzusteigen und die Bilder der Vergangenheit in das Hier und Jetzt zu holen. Ich selbst habe es erlebt, schmerzlich erlebt, und ich lasse euch an meinen Erfahrungen teilhaben.

„Sie wollen also die große Reise wagen", sagte Friedhelm Batzel, als ich mich zu einem Rückführungsseminar anmeldete und meine Leidensgeschichte erzählte. „Alle Achtung! Sie sind eine starke, mutige Frau." – „Das hat mir noch nie jemand gesagt", antwortete ich und Friedhelm lächelte: „Weil man Ihnen den Respekt verweigert hat. Wenn Sie jetzt zur großen Reise aufbrechen, dann machen Sie das nicht nur für sich, sondern auch für Ihre Familie."

Ich habe drei unbeschreibliche Tage in Friedhelms alter Mühle hinter mir. Durch welche Höllen ich dabei gegangen bin, erspare ich euch. Die Einsichten, die ich dadurch gewonnen habe, wiegen alle Mühen und Schmerzen auf. Die Reinkarnationstherapie führte mich über mehrere Stufen zurück in das 16. Jahrhundert. Ich war eine junge Frau in einer Welt, die mir anfangs ganz fremd erschien, die mir aber in intensiver Trance schnell wieder vertraut wurde. Ich befand mich im Harem des Sultans Selim I., der nicht ohne Grund den Beinamen der Grausame trug. Als Mädchen, gerade erst dem Kindesalter entwachsen, war ich von einem Inselstrand in der Ägäis entführt und in den Palast des Sultans verschleppt worden. Der äußere Glanz konnte nicht wettmachen, was mir im Inneren angetan wurde. Meiner Freiheit beraubt, erniedrigt zur Konkubine neben dreihundert anderen Frauen und Mädchen, war ich dem Willen eines alten, harten, geilen Mannes ausgeliefert.

Was mein trauriges Schicksal milderte, war, dass Sultan Selim von mir bezaubert war. Er nannte mich sein griechisches Täubchen, seine Suleika und auch Rose von Stambul. Immer öfter ließ er mich aus dem Harem zu sich holen. Ich stieg in den Rang der Favoritin auf, gewann politischen Einfluss auf den Herrscher und konnte viel Gutes für die Armen und Unterdrückten tun. Das Volk gab mir den Beinamen Selims gute Seele.

Meine Beliebtheit bei den einfachen Menschen und meine Vorzugsstellung am Hof weckten Missgunst und Neid der Sultansmutter Aysche. Sie hatte die Oberaufsicht über den Harem, und als sie bemerkte, dass ich schwanger war, wurde sie sehr zornig und unterband jeden Kontakt zwischen mir und Selim. Den Knaben, den ich zur Welt brachte, nahm sie mir nach der Geburt weg und übergab ihn Ahmed, ihrem heimtückischen Vertrauten. Dieser bösartige Eunuch brachte den Säugling zu einem anatolischen Bauern, der den Sohn des Sultans aufzog, als wäre er sein eigener. „Na, Rose von Stambul, dein königliches Söhnchen wird jetzt gerade durch den Ziegendreck latschen und trockene Fladen fressen." Mit solchen Sätzen quälte mich der böse Eunuch.

Mein Schmerz über diese so lange verschüttete Erinnerung war so heftig, dass ich nicht mehr die Kraft hatte, mich weiteren Inkarnationen zu stellen. Friedhelm hätte es auch nicht zugelassen. „Es ist genug", sagte er, „wir werden geduldig miteinander arbeiten müssen, damit du diese Rückführung einordnen und integrieren kannst."

Bei der Aufarbeitung einer Rückführung stellt man auch die Frage: Bin ich in meinem früheren Leben Personen begegnet, die ich aus meiner gegenwärtigen Inkarnation kenne? Das ist ein gefährliche Frage. Ich bin ihr aber nicht ausgewichen, und ich erwarte, dass auch ihr euch der Wahrheit stellt. Angenehm ist sie nicht!

Joachim, ich beginne mit dir. Du kommst aus einer anderen Vorwelt. Dir begegne ich in diesem Leben zum ersten Mal, was auch die seelische Distanz erklärt, die zwischen uns liegt. Du ein kalter Kopfmensch, ich ein warmer Gefühlsmensch, und keine Vergangenheit, die uns verbinden würde.

Unsere Schwester Hannelore ist die Fremdeste, die Fernste, die gänzlich Unbekannte. Friedhelm und ich halten es für möglich, dass sie nicht aus der Pernauer-Linie stammt. Mutti, ich bitte dich, nein, ich fordere dich auf, diesen möglicherweise dunklen Punkt in deinem Leben nicht länger zu verdrängen und zu verheimlichen. Wer ist der leibliche Vater von Hannelore? Ist es wirklich Otto Pernauer? Mutti, dich habe ich wiedererkannt in meiner Rückführung. Du warst Aysche, die missgünstige Mutter des Sultans Selim.

Nun zu dir, Reinhard. Dass wir als Zwillinge inkarniert wurden, ist kein Zufall. Ich spüre, dass wir ein Leib sind, denn du warst das Kind, das ich mit Selim hatte, der Sohn, den mir Aysche und ihr Komplize Ahmed entrissen haben.

Und damit komme ich zu dir, Dietrich, denn du bist Ahmed, der böse Eunuch. Du hast mir das Schlimmste angetan, was man einer Mutter antun kann, du hast mir mein Kind entrissen. Aber jeder hat in späteren Inkarnationen die Chance, wiedergutzumachen, was er in früheren verbrochen hat. Dietrich, ich appelliere an dich im Namen der kos-

mischen Gerechtigkeit! Du bist unverdient in den Besitz von Onkel Haralds Wohnung gekommen. Verkaufe sie und lass das Wutscherhäusl sanieren! Wenn du Gutes willst und Gutes tust, dann formst du eine positive feinstoffliche Hülle um dich, an der die meisten negativen Wirkungen aus früheren Inkarnationen abprallen. Dringen trotzdem noch welche ein, dann werden sie zersetzt oder so sehr abgeschwächt, dass sie keinen großen Schaden mehr anrichten können.

Eure Reingard

Es gibt Erlebnisse, die alles Bekannte und Erwartbare überschreiten, die das Vorstellungsvermögen sprengen und den davon betroffenen Menschen in stammelnder Ratlosigkeit zurücklassen. In diesem Zustand befand sich Dietrich, als er Reingards Mail gelesen hatte. Er starrte auf das Bild des Maulwurfs über seinem Sofa und murmelte: Ahmed, der böse Eunuch.

10
Unerwünschtes Wiedersehen

Dietrich zappte durch die eigene Verdrossenheit. Landkrimis hielt er für Schwachsinn, weder echter Kriminalfall noch echtes Landleben. Land-Krimi ist ein Widerspruch in sich, so wie Sowjet-Western. Für Basketball interessierte er sich nicht, ebenso wenig wie für das Leben der Schnabeltiere. Auf einem Regionalsender handelte er sich ein Politikerporträt ein, das er gerne ignoriert hätte, dem er sich aber nicht entziehen konnte. Gegenseitige Aversionen verbinden ungemein. Ein unerwünschtes Wiedersehen mit Hans-Werner Hänsel. HWH, die Zukunftshoffnung der Sozialdemokraten.

„Wird er der neue Landesparteiobmann? Kann er die Partei aus ihrem Umfragetief holen? Fragen wir HWH selbst: Sie wollen an die Spitze der Landespartei, Herr Hänsel. Mit welchem Programm treten Sie an?"

„Wir leben leider in einer Zeit, in der sich die soziale Kälte bedenklich ausbreitet. Da gilt es gegenzusteuern …"

„Mit einem Programm der sozialen Wärme, nehme ich an", ergänzt die junge Reporterin, als wäre sie die diensteifrige Assistentin des Befragten, und Dietrich denkt: Nö, mit einem Programm der sozialen Eiseskälte, du Trampel!

„Soziale Wärme ist ein schönes Wort, aber was bedeutet das ganz konkret für Sie, Herr Hänsel?“

„Zum Beispiel leistbares Wohnen. Wenn die Wohnkosten fast die Hälfte des Familieneinkommens auffressen, dann ist Feuer am Dach. Daher: Deckel auf die Mieten und Ausbau des sozialen Wohnbaus. Das steht ganz oben auf meiner Liste.“

Apropos Familie ... Hans-Werner Hänsel in seinen eigenen vier Wänden. Der Vater, ein pensionierter Baupolier, hat das Doppelhaus in der Vorstadt mit eigenen Händen und Freundeshilfe hochgezogen. „Das war in den Siebzigern, in der Ära Kreisky, da war so etwas noch möglich, sozialer Aufstieg und so. In unserer Familie waren immer alle rot, ohne Ausnahme“, sagt der Vater, und der Sohn ergänzt: „Früher nannte man das *klassenbewusste Arbeiter*. Und nein, ich finde das gar nicht altmodisch.“

„War der Hansi ein braves Kind, Frau Hänsel?“, fragt die Reporterin.

„Im Großen und Ganzen ja“, antwortet Mutter Hänsel und lächelt verlegen. „Hie und da war er schon auch ein bisserl ein Lausbub.“

HWH lacht. „Geh, Mama, weißt ja eh, die ganz braven Buben, die gehen alle zur ÖVP“ – und dann, zur Reporterin gewendet, sagt er mit ernster Stimme: „Ein echter Linker ist immer auch ein Lausbub, nämlich im besten Sinn des Wortes, kritisch, widerständig, ein Querdenker, der seinen eigenen Weg geht. So wie eine echte Linke ein Lausmädl sein muss.“

Na klar, denkt Dietrich, nur auf das Gendern nicht vergessen!

Die Reporterin nimmt den Ball bereitwillig auf: „Ich nehme an, Sie waren kein ganz bequemer Schüler."

„Ich war ein interessanter Schüler. Der wöchentliche Besuch in der Direktion gehörte zum Standardprogramm."

„Ohne Aussicht auf Besserung?"

„Für wen? Für mich oder für den Direktor?"

Herzliches Lachen der Anwesenden. Wie dumm!, denkt Dietrich, wie selbstgefällig! Ein widerlicher Typ!

„Nein, im Ernst", sagt HWH, „ich bin sicher, wir haben beide von diesen Gesprächen profitiert, der Direktor vielleicht ein bisschen mehr. Er hat von mir erfahren, dass es Schülerrechte und Lehrerpflichten gibt."

„Sind Ihre eigenen Schulerfahrungen der Grund dafür, dass Schulreform auf Ihrer Agenda ganz oben zu finden ist?"

„Vor allem ist es die offensichtliche Bildungsmisere. In einer Schule, die zukunftsfit sein will, wird kein Kind zurückgelassen. Davon sind wir derzeit noch sehr weit entfernt. Bildung wird bekanntlich vererbt. Das zeigen alle Studien."

„Sie haben Geografie und Mathematik studiert ..."

„Unter anderem, ich hab auch in Geschichte, Psychologie und Politikwissenschaften reingeschnuppert. Ich war immer vielseitig interessiert. Meine Neugier haben mir nicht einmal acht – äh, pardon – neun Jahre Gymnasium austreiben können."

Frag ihn doch, warum er kein Studium abgeschlossen hat! Frag ihn! Dietrich ärgert sich. Warum fragt sie ihn das nicht? Diese linken Medienheinis drehen die Dinge immer so, wie es für sie gerade passt. Bricht ein Bürgerlicher sein Studium ab, ist er ein halbgebildeter Versager. Bricht ein Linker sein Studium ab, ist er ein Held des Widerstands und der Systemkritik.

„Sie haben", fährt die Reporterin fort, „weder Geschichte noch Psychologie noch Geografie zum Beruf gemacht, sondern die Politik. Haben Sie das manchmal bereut?"

„Warum sollte ich?"

„Der Beruf des Politikers ist anstrengend, hat aber – Sie verzeihen – kein hohes Ansehen im Volk."

„Der von Journalist-Innen auch nicht. Haben Sie deshalb Ihre Berufswahl bereut, Frau Meisel?"

Hab ich das richtig gehört?, denkt Dietrich, Mister Political Correctness spricht das Binnen-I, er *schreibt* es nicht nur, er *spricht* es! Hänsel, du feministisch dressierter Affe! Und schon schmiert er sich wieder ran an diese naive Jungjournalistin!

„Ganz ohne Polemik, liebe Frau Meisel. Es gibt guten und schlechten Journalismus, so wie es gute und schlechte Politik gibt."

„Sie sind also der Gute? Oder hab ich da was missverstanden?“

„Das müssen die Wählerinnen und Wähler beurteilen, aber ich kann sagen: Ich bemühe mich redlich. Gutmensch ist für mich kein Schimpfwort. Im Gegenteil.“

„Sie sprechen oft vom Mut zu mehr Menschlichkeit, Herr Hänsel, besonders auch beim Thema Migration, einem heiklen Thema.“

„In diesem Punkt bin ich ausnahmsweise ein Merkel-Mann: Wir schaffen das!“

„Damit machen Sie sich nicht nur Freunde, auch nicht in Ihrer eigenen Partei.“

„So ist es. Aber ich bin kein Politiker, der ethische Prinzipien über Bord wirft, um ein paar Stimmen mehr zu bekommen. Außerdem verliert man auf der einen Seite, was man auf der anderen gewinnt. Und beim Thema Migration habe ich schon aus familiären Gründen eine klare Haltung.“

Kameraschwenk zu Hänsels Lebensgefährtin und ihren Kindern. Ein balkanbraunes Mädchen, dreizehn Jahre, aus erster Ehe, die Kleinere ist sechs, aus der Beziehung mit HWH. Romana heißt die Frau aus Bosnien, eine Serbin, körperlich zart, aber sportlich, attraktiv, grünäugig, mit scharfem Blick, markante Gesichtszüge. Slawische Festigkeit, denkt Dietrich, trotzdem kultiviert, Balkaneros, gar nicht unsympathisch. In den Neunzigern ist sie vor dem Krieg geflohen, hat Slawistik und

Germanistik studiert, ist hochgekommen, hat Lehraufträge für Deutsch als Zweitsprache und engagiert sich für die Aussöhnung der Ethnien und Religionen. Gut gemeint, denkt Dietrich und grinst.

„Serben, Kroaten, Albaner; Orthodoxe, Katholiken, Muslime, das muss egal sein. Ich bin Atheistin. Das muss auch egal sein. In jeder Community gibt es Menschen, die guten Willens sind. Die müssen wir miteinander vernetzen."

„Genau darum geht es", sekundiert HWH. „Menschen, die guten Willens sind."

„Ihr Sohn Viktor aus erster Ehe", sagt die Reporterin, „engagiert sich bei den NEOS. Wie geht der sozialistische Papa damit um?"

„Sehr entspannt. Viktor studiert Betriebswirtschaft und wird an der Uni mit neoliberalem Einheitsbrei gefüttert. Aber er ist jetzt zwanzig und hat noch viele Lernchancen. Ich hab ja mit zwanzig auch manches vertreten, was ich heute anders sehe."

„Zum Beispiel?"

„Zum Beispiel halte ich Fidel Castro nicht mehr für den größten sozialistischen Politiker des 20. Jahrhunderts."

„Sondern?"

„Bruno Kreisky, Willy Brandt, Olof Palme."

„Und Hans-Werner Hänsel."

„Das haben Sie gesagt."

„Aber Sie widersprechen nicht."

„Warum sollte ich?"

Dietrich ertrug es nicht mehr, drückte wütend auf die Power-Taste. HWH, der eitle Schwätzer aus der Studentenvertretung, der Erzfeind, der Ausgrenzer und sarkastische Widersacher in skandalösen Institutssitzungen und Hörerversammlungen. Dabei wäre er, Dietrich, kooperationsbereit gewesen, eher Pragmatiker als Ideologe, kein dogmatischer Rechter, sondern ein dialogfähiger Rechtsliberaler. Aber dieser selbstherrliche Obermarxist hat mir nie eine Chance gegeben, für den war ich von Anfang an der Kryptonazi, und immer hatte er die Mehrheit auf seiner Seite. Ich war für dieses Gesindel doch nur der politische Paria, der rechte Abschaum.

Dietrich hatte sie aufbewahrt, diese bösartige Karikatur aus der sozialistischen Studentenzeitung, die ihn im Vollwichs darstellte, anstelle des Gesichts ein Arsch mit Schmiss! Unter vier Augen hatte er Hänsel zur Rede gestellt. Ob das seiner Auffassung von Menschlichkeit und Toleranz entspräche!? Und was hatte das Scheusal geantwortet? Sei nicht so empfindlich, Kamerad Diederich, es ist Vorwahlzeit. Da fliegen die Geschoße tiefer. Du hast doch Mensurerfahrung.

Einmal mehr hatte Dietrich gute Gründe, mit der Ungerechtigkeit des Lebens zu hadern. Hans-Werner Hänsel. HWH. So einer macht Karriere! So einer hat Vater und Mutter, die ihn lieben und ehren. So einer hat eine schöne, gescheite, tüchtige

Frau, die ihn liebt, kurzum, dieser HWH hat ein gutes Leben! Und was hab ich? Einen grauen Beamtenjob ohne Aufstiegschance, einen toten Vater, mausetote Großeltern, eine ständig unglückliche Mutter, eine geflohene große Schwester, einen selbstsüchtigen großen Bruder, einen narzisstischen kleinen Bruder und eine komplett durchgeknallte kleine Schwester, die sich für die Favoritin des Sultans Selim des Grausamen hält. Die einzige Liebe meines Lebens hat mich missbraucht und weggeworfen. Und meine Bundesbrüder? Die eine Hälfte zürnt mir, die andere belächelt mich. Was für ein Leben! Das ist nicht gerecht!, schluchzte Dietrich und riss das Maulwurfbild von der Wand.

11
Locker tänzelte der Stürmer ins Abseits

Joachim legte die ausgedruckte Mail vor Birgit auf den Tisch. „Lies das, bitte, lies das."

„Was ist das?"

„Eine Mail von Reingard. Sie lüftet ein schauerliches Familiengeheimnis."

Birgit sah den breit grinsenden Gatten verwundert an, begann zu lesen, stockte ungläubig, sagte „Wie bitte?", grinste dann auch, genoss Satz für Satz mit wachsendem Vergnügen, murmelte *Selim der Grausame* … und kicherte *Eunuch Ahmed.*

Joachim freute sich auf das zum Greifen nahe Einvernehmen mit seiner Frau. Die fröhliche Phalanx der Vernünftigen gegen Reingard die Wahnsinnige kam ihm sehr gelegen. Meinungsverschiedenheiten über Joachims politisches Engagement hatten in den letzten Wochen den Pernauer'schen Haussegen mehrmals gefährdet. Joachim wollte das nicht, er liebte seine Frau und hasste Störungen der ehelichen Eintracht.

Birgit war ans Ende gekommen. Sie und Joachim blickten einander an und brachen gleichzeitig in schallendes Gelächter aus.

„Wie wirst du reagieren?", fragte Birgit.

„Gar nicht", antwortete Joachim heiter, „ich war ja nicht dabei, damals in Istanbul. Unser Dietrich von Bern vulgo Ahmed der Eunuch sitzt aber echt in der Scheiße, von Aysche ganz zu schweigen."

„Hast du mit Hildegard schon gesprochen?"

Joachim seufzte und Birgit griff nach seiner Hand. „Soll ich das übernehmen?"

„Das wäre sehr lieb von dir. Aber bitte erst morgen. Es ist Zeit, schlafen zu gehen."

„Jetzt schon?"

„Ja, unbedingt, ganz, ganz dringend."

Als Birgit am nächsten Tag ihre Schwiegermutter anrief, hob Rebekka ab. „Ich kümmere mich ein bisschen um Hildegard. Es geht ihr gar nicht gut. Kein Wunder, nach dieser Mail."

„Sie nimmt doch diesen Irrsinn hoffentlich nicht ernst."

„Ja und nein. Hildegard glaubt nicht an Reinkarnation, wenn du das meinst. Aber es schockiert und kränkt sie, dass Reingard dieses schreckliche Bild von ihr hat."

„Wie erklärst du ihr das?"

„Aus Reingards eigener Krise. Dass Waldemar zu seiner Frau zurückgekehrt ist, hat sie hart getroffen. Da ist noch so viel Wut und Bitterkeit. Sie braucht dringend Hilfe."

„Dafür ist dieser Friedhelm Bürzel gerade der Richtige."

„Batzel."

„Was?"

„Er heißt Batzel, nicht Bürzel."

„Du kennst ihn?"

„Nicht persönlich, nur aus Erzählungen. Friedhelm Batzel hat eigentlich ein seriöses Image in der Therapie-Szene, aber bei dieser Rückführung dürfte etwas schiefgegangen sein."

„Rebekka, du weißt, ich bin Atheistin und kenne mich in diesen Dingen nicht besonders gut aus, aber ihr Christen glaubt doch an die einmalige Auferstehung der Toten im Jenseits, nicht an Karma und Reinkarnation. Oder hab ich da was nicht mitbekommen?"

„Reinkarnation ist für mich als Christin natürlich kein Glaubensinhalt. Aber als therapeutischen Weg lehne ich Rückführungen nicht grundsätzlich ab. Sie fordern das Unbewusste heraus. Man darf aber die Bilder, die dabei entstehen, nicht als Realitäten interpretieren. Eine Rückführung, das ist eine Art Phantasiereise. Sie sagt viel mehr über die Gefühle einer Reisenden aus als über die Personen, denen sie in der Reise begegnet. Reingard hat da etwas grundsätzlich missverstanden."

„Kannst du ihr das vielleicht erklären?"

„Ich kann es versuchen."

„Sag, Rebekka, ist Reinhard auch bei euch?"

„Nein, der kümmert sich um Dietrich."

„Wie geht denn Dietrich damit um?"

„Mit sehr viel Wut, zu viel Wut, wenn du mich fragst. Damit schadet er sich selbst am meisten."

Reinhard hatte sich mit Dietrich zu einem Spaziergang an der Uferpromenade verabredet. Sie schlenderten durch den dünnen, sanften Septemberregen.

„Warum ärgert dich das?", sagte Reinhard. „Nimm es als Poesie, wie ein faszinierendes Märchen aus *Tausendundeine Nacht*: der sagenhafte Palast eines grausamen Sultans, sein Harem, ein goldener Käfig mit den allerschönsten Frauen des Osmanischen Reichs, bunte Ornamente, kostbare Seide, exotische Düfte. Nimm doch diese Geschichte, als würde sie dir ein großartiger Wandteppich erzählen, und ergänze dieses poetische Geflecht durch dein eigenes Narrativ. Erzähl, was *du* willst, zum Beispiel das Märchen vom armen Eunuchen Ahmed, der durch die Launen des unergründlichen Schicksals zum reichsten Mann Istanbuls wird, die Liebe der schönsten Frau … äh, oder so … gewinnt, und dem dann – o Wunder des Propheten! – der größte Schwanz des Orients wächst! Das Leben ein Traum, der Traum ein Leben!"

Die Heiterkeit, die ihm der Spaziergang mit Reinhard verschafft hatte, wurde von Joachims unverschämtem Anruf zerstört. Natürlich sei dieses Reinkarnationsgeschwätz haarsträubender Unsinn, sagte der große Bruder, Reingard eine Grenzgängerin zwischen angeborener Dummheit und selbst erworbenem Wahnsinn, Friedhelm Batzel ein gefährlicher Scharlatan, gegen den er auch rechtlich vorgehen könnte. Räume man aber die irrationale Schlacke weg, bliebe vielleicht doch ein kleiner rationaler Kern übrig, über den man zumindest nachdenken könne.

„Was meinst du?“, fragte Dietrich mit üblem Vorgefühl.

„Ich meine die Sache mit dem Wutscherhäusl. Was ich jetzt sage, ist rein theoretisch, Dietrich, ich setze nur den Fall.“

„Was für einen Fall?“

„Ich setze den Fall, dass du tatsächlich das Wutscherhäusl auf deine Kosten sanieren lässt. Du würdest dadurch nicht nur Reingard und der Familie Gutes tun, sondern selbst eine Machtposition einnehmen, die dir gewisse Möglichkeiten eröffnet. Du könntest Bedingungen formulieren, Nutzungsrichtlinien aufstellen, für dich selbst eine Sommersuite gestalten. Der Preis dafür wäre lediglich Onkel Haralds Wohnung.“

„Das ist nicht Onkel Haralds Wohnung, das ist meine Wohnung“, schrie Dietrich und drückte das Gespräch weg. Er war fassungslos, raste mit wildem Herzschlag durch die Wohnung, schimpfte, fluchte, wetterte gegen Bösartigkeit und Unverschämtheit, nahm Joachim grob ins Gebet, öffnete Mutti schonungslos die Augen, sperrte Reingard in die geschlossene Psychiatrie, blaffte Reinhard an, er möge sich sein orientalisches Märchen in den Arsch stecken, beschwor Haralds hilfreichen Geist und Hannelores ungreifbaren guten Rat: O Hannelore, wie recht du hattest! Vor dieser Horrorfamilie müssen wir fliehen, sonst ruiniert sie uns bis auf die Grundmauern.

Eine geschlagene Stunde rumorten Dietrichs innere Tumulte, dann kam er nach und nach zur Ruhe, stieg ins Auto, fuhr ziellos durch die Gegend, kam in ein Bezirksstädtchen nahe der Staatsgrenze und hielt den Wagen auf dem Parkplatz einer Sportanlage an.

Zwei Fußballmannschaften liefen vor schütter besetzter Kleintribüne zur zweiten Halbzeit aufs Spielfeld. Dietrich hatte Durst, bemerkte den offenen Kiosk, kaufte ein Bier im Plastikbecher und eine Wurstsemmel, setzte sich auf die Tribüne, aß und trank mit Appetit, folgte dem Unterliga-Spiel, zuerst gelangweilt, dann mit wachsendem Vergnügen am Unvollkommenen.

Die Gästemannschaft führte schon zur Halbzeit mit fünf Toren. Ein längst entschiedener Kampf. Woher nahmen die Besiegten die Kraft zum Weitermachen? Was wollten sie denn noch? Ein lächerliches Ehrentor? Zwei Mittelfeldspieler kämpften unermüdlich um jeden Ball, drängten vorwärts, feuerten ihre Mitspieler mit Gesten und Zurufen an, bedienten die beiden Sturmspitzen mit Pässen. Der bullige, kurzbeinige Stürmer am rechten Flügel tat verzweifelt sein Mögliches, das aber ein allzu Geringes war. Er verfehlte oft den Ball, und wenn er ihn einmal annehmen konnte, knallte er ihn überhastet am Tor vorbei, weit daneben oder hoch darüber.

Sein Teamkollege auf der linken Seite, die Nummer zehn, lief immer wieder ins Abseits. Kannte er die Regel nicht? War er vom Gegner bestochen worden? Oder hatte ihn mitten im Spiel der Wahnsinn erfasst? Die verärgerten Mittelfeldspieler riefen dem Zehner Warnungen zu, gestikulierten wild, spielten ihn nicht mehr an, sodass auch die gegnerischen Verteidiger ihr Interesse an diesem seltsamen Mann verloren und ihn seinem einzelgängerischen Treiben überließen.

„Warum wird der Zehner nicht ausgetauscht?“, fragte Dietrich den rotwangigen Burschen, der schräg vor ihm saß.

„Das Austauschkontingent ist erschöpft“, antwortete der Rotwangige und Dietrich dachte, dass die Formulierung zwar treffend war, aber nicht zu diesem Bauerngesicht passte. Wo war er denn da hingeraten?

Und plötzlich schien es Dietrich, als genieße der Zehner seine untragbare Rolle wie ein Erlöster. Weder die Zurufe der verzweifelnden Mitspieler noch die Wut des immer wieder aufspringenden Trainers, weder die Schadenfreude des gegnerischen Publikums noch der zornige Spott des eigenen schienen ihn zu erreichen. Er verhielt sich zwar so, als ob er die linke Sturmspitze wäre, als ob auch er Teil dieser mit aussichtsloser Verzweiflung kämpfenden Mannschaft wäre, aber in Wahrheit war er es längst nicht mehr. Locker tänzelte er immer wieder ins Abseits, zwar innerhalb des Spielfelds, aber außer Konkurrenz. So verbrachte der merkwürdige Mann mit den schönen Beinen die Schlussminuten des Spiels in entspannter Eleganz.

Als der Schlusspfiff aus der Schiedsrichterpfeife gellte, als sich Jubel und Enttäuschung von der Tribüne über das Spielfeld ergossen, die einen Spieler mit hochgerissenen Armen, die anderen mit hängenden Köpfen den Weg zu den Kabinen einschlugen, blieb die linke Sturmspitze allein zurück wie ein ruhiger Zweifler, der noch ein wenig nachzudenken hatte.

Dietrich erhob sich, applaudierte dem seltsamen Ballkünstler frenetisch und schrie mehrmals Bravo! Nicht spöttisch, wie die lachenden Leute rund um Dietrich vermuteten, und schon gar nicht bösartig, sondern mit aufrichtiger Bewunderung für diese Lebenskunst des Als-ob.

12
Wir sind eine Stachelschweinfamilie

Auf dem Fußmarsch zum Kneipkonvent versuchte Dietrich seine Abseitsstrategie für das Spielfeld der Neugermanen anzulegen. An Engagement oder gar Kampfgeist war seit dem Desaster mit dem Wartburg-Puzzle nicht mehr zu denken, aber auf das wärmende Gefühl der Zugehörigkeit, an das Dietrich von Jugend an gewöhnt war, wollte er nicht verzichten. Es wirkte stärker als Verärgerung und Scham. Dabei bleiben, aber nicht mehr anspielbar sein, das war die Lebenskunst des Als-ob-Germanen, zu dem er mutieren wollte. Wer oder was bin ich denn eigentlich, wenn ich Neugermane bin? Dietrich bemühte sich um hinlängliche Klärung seiner Identität.

Das äußere Regelsystem einer Burschenschaft ist beruhigend sicher, so ähnlich wie die katholische Liturgie, die immer funktioniert und gilt, egal ob der Priester ein Erleuchteter oder ein Schwachkopf ist. Und so wie ein Atheist nach außen hin als tadelloser Messbesucher glänzen kann, so kann auch ein inwendig zwielichtiger Neugermane wacker seinen Kommers ansingen und ihn standhaft zu Ende trinken, was immer er dabei denkt. Gedanken sind frei, solange sie nicht zu Worten werden und unter Neugermanen wohnen.

In den akademischen Verbindungen, in seiner eigenen, aber auch in anderen, die Dietrich in kameradschaftlicher Begegnung kennengelernt hatte, hielt man die deutsche Volks- und Kulturgemeinschaft in Ehren. Schwarz-Rot-Gold, das farbsymbolische Erbe der Urburschenschaft. *Sie wallt und weht in feierlichem Wogen und ziehet alle Blicke auf sich hin. Die Farben, Rot und Schwarz mit Gold umzogen, sie deuten einen tiefen, heil'gen Sinn: Der Jüngling soll von jugendlichen Freuden den hohen Ernst des Lebens nimmer scheiden.*

Der politische Anschluss an Deutschland war kein vorrangiges Ziel, aber tabu war er auch nicht, denn *Volk*, das ist eben mehr als *Staat*. Volk, das ist gewachsene Kultur, Sprache, Geschichte, Schicksalsgemeinschaft und biologisches Erbe. Das leuchtete ihm ein. Dietrich fühlte sich wohl beim allgermanischen Gedanken, als Bajuware im südlichsten deutschen Bundesland zu leben. Man wäre Teil eines Größeren, Mächtigeren, Wichtigeren, stünde weltpolitisch aufdringlich in erster Reihe und gewänne Fußball-Weltmeisterschaften.

Andererseits störte es ihn auch nicht, Österreicher zu sein, im Gegenteil. Ihm schien, als wäre seine frisch kreierte Idee des abseitigen Lebens am Spielfeldrand von einem Österreicher überzeugender und eleganter zu verwirklichen als von einem deutschen Burschen. Haben wir nicht immer schon so getan, als hätten wir einen richtigen Staat? Der

Schorsch hat die „Nation“ Österreich sogar einmal als Missgeburt bezeichnet, kurze Zeit später aber alle überrascht, als er in der Rolle des Österreich-Patrioten aufgetreten ist. Damit hat er sich in den Verbindungen keine Freunde gemacht. Tassilo Holzinger und sein Anhang stemmten sich lautstark dagegen: Was haben wir als freisinnige Deutschnationale im katholischen Arsch von Habsburg verloren, Schorsch, erklär uns das! Ach, der Schorsch, auch schon wieder zehn Jahre tot …

Ich bin kein Rassist, dachte Dietrich, Rassismus ist unwissenschaftlich. Dass die Vermischung der Rassen grundsätzlich zur Degeneration führt, wie Tassilo immer noch behauptet, ist wissenschaftlich nicht haltbar. Wahr ist eher das Gegenteil. Andererseits, die Umvolkung hielt Dietrich schon für ein bedrohliches Übel, dieses Überhandnehmen orientalischer und südosteuropäischer Physiognomien, die sich nicht integrieren wollen. Dass eine minderwertige Massenkultur Zugewanderter eine autochthone Hochkultur verdrängen und ruinieren kann, schien ihm plausibel. Kebab-Bude statt Traditionsgasthaus, Burka statt Dirndl, Muezzin statt Pummerin. Das geht gar nicht! Andererseits, was ging ihn die Kirche an! Die Pernauers waren seit Generationen antiklerikal, so wie viele Deutschnationale. Es gab allerdings auch andere, den Ewald zum Beispiel, der ein kämpferisches Christentum propagierte und sich aufführte, als hätte er sich seinen Schmiss bei Barbarossas Kreuzzug geholt.

Unklar war für Dietrich auch die Sache mit den Frauen. Warum soll er sich über die Unterdrückung der Frau im Islam aufregen, über Kopftuch und Burkini? Bei denen ist eben der Mann noch der Herr im eigenen Haus. Wollen wir das nicht auch? Teilweise zumindest und in Maßen; natürlich nicht das Extreme, also Bildungsverbot für Frauen, Zwangsehe oder gar Beschneidung. Aber Burschenschaftler sind keine Feministen. Eher im Gegenteil, denn Mann und Frau sind eben nicht gleich. Der Mann ist soldatisch, die Frau ist mütterlich. Ihre natürliche Bestimmung ist Mutterschaft und Brutpflege, Jagd und Kampf hingegen ist die Pflicht des Mannes. Die Frau muss beschützt werden, der Mann ist ihr Beschützer. Verliert ein Volk diese natürliche Geschlechterordnung, geht es unter, landet im Abseits ... Andererseits, Dietrich, Hand aufs Burschenherz, bist du soldatisch, ein lendenstarker Jäger und kampferprobter Krieger? Grundwehrdienst und Mensur, mehr war da nicht – und dann auch noch schwul ... Da passt doch gar nichts mehr zusammen! Wer bin ich eigentlich? Und was will ich von dieser Welt?

Dietrich schwitzte beträchtlich und begann zu zittern. Die Gedanken lösten sich aus ihren Zusammenhängen, die Worte aus ihren Sätzen und begannen zu tanzen wie im Wahnsinn: Jagd. Brut.

Volk. Rot-Schwarz-Gold. Ehre. Treue. Kebab-Stand. Burka. Kreuzzug. Vaterland …

Dietrich war sich selbst nicht mehr geheuer. In diesem Zustand konnte er unmöglich am Kneipkonvent teilnehmen. Er machte kehrt und eilte zurück in seine Wohnung, seine Höhle, seine Burg. Hier war er in Sicherheit. Die Panik legte sich. Die Walpurgis-Party in seinem Kopf war vorbei. Ruhe, Ordnung, Eindeutigkeit. Das ist mein Wohnzimmer. Das ist mein Maulwurfbild, das ist mein Schaffhausen-Puzzle, das ist meine *Rheingold*-CD, das ist mein Bierkrug. Und Onkel Harald hatte mich lieb.

Am zweitsichersten fühlte sich Dietrich im Amt. Die zeitweilige Bitterkeit und Verdrossenheit des Übergangenen und Unterschätzten, dem man keine Führungsposition zugetraut hatte, war rückstandslos versickert. Schroff erlöst vom nagenden Willen zum Leadership, vertiefte er sich in die Reinheit der Zahl, die schöne Ordnung der Dateien und Tabellen, brillierte nicht und versagte nicht, war pünktlich bei Dienstbeginn und Dienstschluss, war immer da, störte trotzdem nie. Nach eigener Anschauung war er der unauffällige, wortkarge, subalterne Mann für das Nebensächliche, nach Meinung seiner Vorgesetzten hingegen der ideale Beamte: Der Pernauer, sagte man, der hat sich wirklich gut entwickelt.

Am nächsten Frühabend überraschte ihn Rebekka mit einem Hausbesuch, stand unangemeldet vor dem Burgtor wie die Caritas-Haussammlerin, halb demütige Bitte, halb sittlicher Appell.

„Entschuldige den Überfall, Dietrich. Hast du ein bisschen Zeit für mich? Es wäre wichtig."

„Klar, komm rein."

Sie saß auf seinem Wohnzimmersofa unter dem Maulwurfsbild, duftete in den Farben des Herbstlaubs, streifte die Schuhe ab und zog die Beine an.

Dietrich war irritiert. Hat sie sich schön gemacht für mich? Weiß sie überhaupt, was sie da tut, oder ist sie ein Engel, der zur höheren Ehre Gottes leuchtet? Und ahnt sich nicht, dass Frauenliebreiz hier vergeblich strahlt?

„Bist du noch sehr verletzt?", fragte sie.

„Warum? Von wem oder was?"

„Von Reingards Mail."

„Ach, das!" Dietrich lachte souverän und machte eine beschwichtigende Handbewegung. „Um verletzt zu sein, müsste ich es erst einmal ernst nehmen. Wahnsinn ist bedauerlich, aber nicht kränkend."

„Schön für dich, dass du es so sehen kannst, Dietrich, aber wir sollten es uns auch nicht zu einfach machen. Reingards Ausbruch ist massiv."

Rebekka sprach ausführlich über Reinkarnation und Therapie, Reise und Heilung der Seele, innere Bilder und ihre Aussagekraft.

„Reingards Ahmed-Bild sagt nichts über dich aus, Dietrich, aber einiges über ihre Beziehung zu dir. Insofern sollte man es schon ernst nehmen. Es ist nicht wirklich, aber es ist subjektiv wahr."

Dietrich hörte ihr zu, als käme ihre Stimme aus dem Fernsehapparat. Sie sprach von der Krise als Chance für die Familie, von der Herausforderung, aufeinander zuzugehen, von kommunikativen Resonanzräumen, die man erweitern könnte, und sie sagte: „Ein Anfang ist schon gemacht, denn Reingard ist bereit – zu verzeihen."

Dietrich war nicht sicher, ob er richtig gehört und verstanden hatte, betonte jedes Wort: „Was ist sie? *Bereit zu verzeihen*? Wem denn, bitte?"

Rebekka sah ihn mit diesem *Wir-müssen-jetzt-stark-sein*-Blick an: „Ach, Dietrich ..."

„*Mir*?", sagte er. „*Mir* will *sie* verzeihen?"

„Dir und Mutti eure – bitte, reg dich jetzt nicht auf – eure Gewalttaten und den anderen ihre Gleichgültigkeit."

„Wie großzügig! Könnte es sein, dass unsere Haremsdame da etwas Grundsätzliches verwechselt? Rebekka, ich fasse es einfach nicht! Wenn hier jemand etwas zu verzeihen hat, dann bin ich es."

„Dietrich, ich verstehe, dass es dir absurd erscheint, aber für Reingard wäre es eine Art ... Reinigung. Meinst du, du könntest das selbstlos tun für deine Schwester?"

Heftige Gefühle brauchen große Rituale. Rebekka, die gelernte Katholikin, kannte sich in diesen Dingen aus. Es gab Rituale der Freude und der Trauer, der Buße und der Umkehr, der Verzagtheit und der Hoffnung. Es gab auch Rituale des Verzeihens, der Erlösung, der Befreiung von Schuld.

Mit einem Versöhnungsfest wollte Rebekka die Familie ihres Lebensgefährten wieder zusammenführen. Reinhard fand diese Idee ganz wunderbar. Reingard sah ihre neue Rolle als großmütig Verzeihende gestärkt und sagte, so schwer es ihr auch fiele, ihre Teilnahme zu.

Hildegard seufzte: „Wenn nur alles wieder gut wird …“, und Dietrich, der anfangs die Beteiligung an solch einem Kasperltheater brüsk von sich gewiesen hatte, sagte letztlich zu Rebekka: „Also, meinetwegen, ich will kein Spielverderber sein.“

Birgit und Joachim, die ihre Villa als Versöhnungstempel zur Verfügung stellten, zelebrierten unvoreingenommene Herzlichkeit. Hildegard kam in Begleitung von Reinhard und Rebekka. Die kleine Sarah wurde von Nils und Jens, die sich als Aliens verkleidet hatten, mit lautstarker Ausgelassenheit in den Garten gezogen. Birgit mahnte zur Vorsicht.

Dietrich dachte: Warum müssen Kinder immer so terroristisch schreien?

Die Tafel im Wintergarten war gedeckt, der Aperitif gekühlt, Birgits weithin berühmter Kalbsbraten nahm im Backrohr Farbe an, da erschien, als wäre sie der prominente Überraschungsgast, Prinzessin Reingard.

„Reingard ist da!“ (Joachim in der sanguinischen Pose eines Entertainers)

„Ah! Reingard! Wie schön! Hallo, Reingard!“ (das Publikum ohne Dietrich)

„Du siehst heute so umwerfend aus wie sonst auch immer!“ (abermals der Entertainer, alle lachen herzlich)

Die kleine Sonntagsgesellschaft war nicht weit davon entfernt, Reingards Ankunft unter den Sterblichen mit frenetischem Applaus zu feiern. Und Reingard selbst, den Blick in Liebe und Güte getränkt, öffnete für Hildegard huldvoll ihre mit goldenen Reifen geschmückten Arme und zirpte bedeutungsschwer: Mutti …

Das Publikum gab sich gerührt. Dietrich zog sich verärgert in den Garten zurück und lieferte sich widerstandslos den Buben aus, die ihn mit Kastanien beschossen. Wäre er doch daheimgeblieben!

Vorspeise. Hauptspeise. Dessert. Und Konversation. Alltagsgeschwätz, Scherze und der Wetterbericht: Ja, das Föhnwetter bleibt uns noch erhalten. Einerseits schön, andererseits belastend, besonders für ältere Menschen. Reisepläne für Herbst oder Winter? O ja, und wie! Joachim und die Seinen zieht es vielleicht nach Südafrika.

„Zur Großwildjagd“, ruft Jens und zielt mit einer Plastikpistole auf Birgit.

„He, du, ich bin kein Nilpferd", protestiert die Mama.

„Das nicht, mein Schatz, aber eine Löwin." Joachim markiert einen Kuss.

Rebekka, Reinhard und Sarah werden in diesem Jahr nicht mehr in die Ferne schweifen, denn das Gute liegt so nah: Wandern im malerischen Pinzgau. Majestätische Berge, grasgrüne Matten, glückliche Ziegen. Selbstversorgung mit regionaler Bio-Ware. Ob Mutti auch mitkommt, ist noch offen. Rebekka möchte es, weil es Mutti sicher guttut, Reinhard schweigt und glotzt neutral ins Offene.

„Und du, Dietrich?" Rebekka bezieht alle ein. Niemand wird zurückgelassen.

„Oooch ... Mecklenburg-Vorpommern vielleicht", antwortet er, weil ihm nichts anderes einfällt. Er wartet immer noch auf das Versöhnungsritual, das Rebekka angekündigt hat, als sie mit angezogenen Beinen auf seinem Sofa gesessen ist. Doch man spart das Peinliche aus. Kein Wort über Sultan Selim und seinen Harem, keines über die missgünstige Aysche und den bösen Eunuchen Ahmed, ihren dunklen Vertrauten. So unerwartet und jäh, wie die orientalische Vergangenheit in die Familie Pernauer eingebrochen war, so sang- und klanglos verschwand sie aus ihr. Und die familiären Resonanzräume, deren Erneuerung Rebekka in Aussicht gestellt hatte, blieben die alten.

„Kann ich noch Wein haben?", fragte Dietrich.

„Gerne“, antwortete Joachim. „Schön fruchtig, dieser Weißburgunder, finde ich zumindest.“

„Ja, fruchtig.“ Dietrich trank das Glas mit einem Zug leer und sagte etwas lauter: „Übrigens, ich verkaufe nicht.“

„Was?“

„Meine Wohnung, ich verkaufe sie nicht.“

„Auch gut“, sagte Joachim und wechselte das Thema.

Wir sind eine Stachelschweinfamilie, dachte Dietrich auf dem Heimweg. Er erinnerte sich, dass Schopenhauer die Menschen mit Stachelschweinen verglichen hat. Weil die Welt so weit ist und so fremd, suchen die Stachelschweine die Nähe ihrer Artgenossen. Da sie aber Stacheln haben, verletzen sie sich gegenseitig, wenn sie einander näherkommen. Daher fliehen sie voreinander, ein jedes hinaus in die Welt, die sich aber bald wieder als allzu weit und allzu fremd erweist. Die Stachelschweine rücken erneut zusammen, stechen einander … und so weiter, bis dass der Tod sie scheidet … und erlöst. Nur die kräftige Hannelore war dem ewigen Kreislauf entkommen, in der fernsten Ferne, noch vor ihrem Tod. Dietrich bewunderte seine Schwester.

13
Dietrich, erwache!

Hätte Dietrich die selbst gewählte Abseitsposition mit souveräner Konsequenz ausgefüllt, dann hätte er seinen emsigen Gegenspieler auf dem linken Flügel nur gelegentlich, zufällig und beiläufig wahrgenommen, so ehrgeizig der auch sein Spiel aufzog, um möglichst viel Beifall von der Tribüne zu bekommen.

Hans-Werner Hänsel und sein Tross zogen mit breiter Brust von Event zu Event. Dietrich folgte unbemerkt ihrer Spur, mischte sich als Undercoveragent in eigener Sache unter die Genossen im hinteren Sektor des Parketts und erlebte nicht ohne Nervenkitzel die ersten sozialistischen Parteiveranstaltungen seines rechtskonservativen Lebens.

HWH war ein guter Redner, das musste ihm sein verärgerter Neider lassen. Innerhalb weniger Minuten versetzte er den Saal in heitere Aufmerksamkeit. Leutselig gab er sich. Das erinnerte Dietrich an Schorsch. Der hatte es auch, dieses Gespür für den kleingemachten Mann, den Zukurzgekommenen, Ausgemusterten, Unzufriedenen und Beleidigten, der dringend einen Bösen und Schuldigen brauchte. Schorsch hatte ihn unter roten und schwarzen Parteibonzen gefunden, Hans-Werner bediente sich in den Management-Etagen multinationaler Konzerne: Milliarden scheffeln sie, keine Steuern zahlen sie, ihre Mitarbeiter und Mitarbeiterinnen halten sie wie Sklaven. Sie werden immer reicher, wir werden immer ärmer. Wir? Ja, wir! Die fleißig und redlich arbeitenden Menschen, und zwar weltweit. Nicht Afghaninnen und Afghanen, Nigerianerinnen und Nigerianer sind unser Problem, sondern die Superreichen, die Finanzspekulanten – und Finanzspekulantinnen, dachte Dietrich –, das neoliberale System, sagte HWH. Globalisierung, das ist ein Projekt des Großkapitals. Kapitalismus tötet. Wisst ihr, wer das gesagt hat? – Richtig, Papst Franziskus. Es ist hoch an der Zeit, dass diese Wahrheit endlich auch wieder ein Sozialist ausspricht. Viel zu lange lassen wir uns schon einlullen und verführen von den neoliberalistischen Sirenengesängen. Applaus.

Um das heikle Thema Migration drückte sich der Redner nicht. Geschickt balancierte er auf dünnem Seil. Nein, ich spreche nicht von offenen Grenzen für alle. Zuwanderung braucht Kontrolle. – Applaus. – Ich spreche von offenen Armen für fleißige und redliche Menschen, die unverschuldet in bittere Not geraten sind und an Leib und Leben bedroht werden.

Und dann erzählte er vom Leben seiner bosnischen Gefährtin, die ihn zu seinen Auftritten begleitete und das Zauberleuchten ihrer klugen, grünen Augen blitzen ließ. Er erzählte von Krieg und

Elend, Flucht und Gefahr, vom Hafen der Sicherheit und von gelungener Integration. Eine Bereicherung für jede Gesellschaft. Meine Romana. – Starker Applaus. – Und solche wie meine Romana gibt es viele – natürlich nicht für mich, damit da keine Missverständnisse entstehen.

Was für ein raffinierter Hund!, dachte Dietrich, das Scheusal hat Talent, und ärgerte sich am meisten über seine eigene Anwesenheit. Eigentlich will ich das gar nicht, dachte er, folgte aber seinem Widersacher aus ferner Zeit inkognito zu vier Veranstaltungen, lauerte angespannt auf einen kapitalen Fehler, ein fatales Missgeschick, eine entzaubernde Unsicherheit – vergeblich, HWH blieb souverän, ein Volkstribun wie aus dem römischen Bilderbuch.

Der ist nicht aufzuhalten, dachte Dietrich, schon gar nicht von seiner Konkurrentin – pardon, Mitbewerberin nennt man das jetzt. Wieder so eine Verlogenheit. Dietrich studierte auch sie, die amtierende Parteiobfrau. Blass und hilflos wirkt sie, geschmacklos aufgeputzt, als hätte ihr mal ein Zyniker anvertraut, dass es Modeschmuck und Blusen in Leuchtfarben gibt. Einfallsarm und phrasenreich liest sie ihre Rede vom Blatt. Für die Interessen der Frauen werde sie sich besonders einsetzen – ja, klar, wer denn nicht in Zeiten wie diesen! – und eine Frau sei sie, betont sie, vordergründig auf die Quote schielend.

Nein, das wird nichts, das wird sicher nichts. Vor dieser Konkurrenz braucht sich Hänsel nicht zu fürchten. Nur Frau zu sein und sonst so gut wie nichts, das konnte auch den härtesten Kämpfern für sozialistischen Staatsfeminismus nicht genügen. Staatsfeminismus, hihi … Dietrich kicherte bitter und zog sich verdrossen zurück. Eigentlich wollte er das alles gar nicht.

In letzter Zeit häuften sich die beschwerlichen Träume. Dietrich war wieder zarte vierzehn, betrat den Klassenraum und sah ihn vollgeräumt mit zu viel Mobiliar. Eng gedrängt standen Pulte und Schließfächer, und alle Sessel waren schon an Mitschüler vergeben. Das darf wohl nicht wahr sein, ein Sessel und ein Pultplatz stehen jedem Schüler zu! Sein Protest, unsicher vorgetragen mit pubertärer Stimmbruch-Stimme, verlor sich im Geschwätz und Gelächter der Größeren, unter denen auch einige Dicke waren, die nicht Deutsch sprachen. Mit ihren Hintern beanspruchten sie je zwei Sessel. Dietrich bemerkte, dass der Klassenraum viel größer war als in seiner Erinnerung. Vielleicht hat man einen Zubau angebracht, wegen der vielen dicken Zuwanderer, natürlich, ein Zubau, der aber noch nicht fertiggestellt war, ein bloßes Provisorium, und die Schulmöbel waren auch noch nicht geliefert worden. Dort und da stand ein gebrauchtes Bänkchen, hingestellt wie für anonyme Wanderer, aber viel zu weit entfernt von Lehrertisch und Tafel. Von hier aus kann ich dem Unterricht nicht folgen, Herr Direktor! Ich protestiere, sagte Dietrich, aber niemand hörte ihn in diesem Chaos ...

Dietrich erwachte von seinem Sonntagnachmittagsschlaf und wurde vom ersten Wachgedanken irritiert: Man kann alles ins Nichts hinüberdenken, aber man kann auch ein Bier trinken und den Arsch des Vaterlands küssen. Ein seltsamer Gedanke, mit dem er nichts anzufangen wusste.

Er betrachtete das Bild des Maulwurfs, das wieder über dem Sofa hing. Der dunkle Freund, behaglich hingestreckt auf frisch aufgeworfenem Erdhügelchen, gewärmt vom allerweichsten Fell – das Rüsselchen streckt er zufrieden aus nach starker Grabetat und träumt von andern Ländern: Dietrich, scheint er zu flüstern, du musst dein Leben ändern! – Seit zwanzig Jahren lebe ich nicht nur in Onkel Haralds Erbmauern, sondern auch in seiner Möbel- und Tapetenwelt. Wäre ich entschlossen und kühn, hätte ich längst alle Fenster aufgerissen. Hinaus mit dem Altmännergeruch! *Das stärket die Glieder und würzet das Mahl!* – Ach du meine Güte, das Mahl ...

Aus dem Backrohr duftete die welsche Tiefkühlpizza, im Gefrierfach wartete eine Packung Maple Walnut. Das Bier war wenigstens auf heimischer Hopfenscholle gewachsen. Dietrich, du wirst faul und fett! So geht das nicht weiter. Abermals: Du musst dein Leben ändern! Mit herzlichen Grüßen, dein Maulwurf.

Weil es ihm vorläufig noch an Auf- und Antrieb mangelte, trat Dietrich seiner Misere mit dem Fernsehprogramm entgegen. Die Abendnachrichten. Was wurde ihm da schon wieder zugemutet? Die Visage von Hans-Werner Hänsel! Der Kämpfer um den Parteivorsitz. Der siegessichere Favorit. Der selbstbewusste Gutmensch auf dem Weg nach oben … Dietrich war nahe dran, den verhassten Kerl wegzuschalten. – Doch halt, Dietrich, halt! Was hörst du da aus dem Mund der guten Fernsehfee?

„Mit schweren Anschuldigungen sieht sich der sozialdemokratische Landtagsabgeordnete Hans-Werner Hänsel konfrontiert. Eine ehemalige Studienkollegin wirft ihm unter dem Hashtag *MeToo* vor, er habe sie vergewaltigt. Der angebliche Vorfall liegt mehr als zwanzig Jahre zurück. Hänsel gilt als aussichtsreicher Kandidat für den Posten des Landesparteiobmanns. Er war für eine Stellungnahme nicht zu erreichen. Für ihn gilt die Unschuldsvermutung."

„Jawohl!", schrie Dietrich, lachte hässlich und schlug mit der Faust auf den Tisch. „HWH. Der Gutmensch! Der Menschheitsretter!! Der Überfeminist!!!"

Dietrich, erwache! Nur selten war er in den sozialen Medien aktiv, denn er hatte nicht viel mitzuteilen und interessierte sich kaum für die Statusmeldungen anderer, die ihm belanglos und überflüssig erschienen. Aber an diesem Abend konnte er sich nicht losreißen von seinem Laptop, und immer wieder hämmerte er ein und denselben Suchbegriff in die Tastatur: Hans-Werner Hänsel. Vergewaltigung.

14
Ich schwöre beim Geist von Bruno Kreisky: Das ist nicht wahr!

Acht Stunden vorher schien Hänsels Welt noch in Ordnung zu sein. Kesselheiße und Gulaschsuppe. Fassbier und volkstümliche Unterhaltungsmusik. Die Stimmung war gut gewesen beim Frühschoppen des Pensionistenverbandes und HWH zufrieden. In launig-schlichter Rede hatte er dreimal wiederholt, was die Partei für die Senioren tun *will* und was sie tun *kann*, wenn sie die nächste Wahl gewinnt.

Das beliebte Altherrenduo Tom & Chris, ambitionierte Laien aus eigenen Vereinsreihen, erfreute die Gemüter der Gesättigten mit dem Evergreen *Junge, komm bald wieder*. Die Sachertorte wurde serviert, die Kellnerin nahm letzte Kaffeebestellungen auf, als HWH vom Vizeobmann sanft auf den Flur gezogen wurde … *ich mach mir Sorgen, Sorgen um dich, denk auch an morgen, denk auch an mich*, winselte Tom im nostalgischen Freddy-Quinn-Ton.

„Apropos Sorgen“, sagte der Vizeobmann, „was machst du denn mit dieser *MeToo*-Geschichte? Unangenehm …“

„Welche *MeToo*-Geschichte?“

Der Vizeobmann nahm sein Handy aus dem Sakko, suchte eine Seite, fand sie und hielt sie vor Hans-Werner Hänsels ahnungsloses Gesicht.

„Scheiße", murmelte HWH, während er den Eintrag mit wachsendem Unbehagen las. „Was ist das denn, bitte, für eine Scheiße!"

„Du hast es noch nicht gewusst?"

„Nein, ich sehe das zum ersten Mal … und, Ludwig, ich schwöre dir beim Geist von Bruno Kreisky, das ist nicht wahr, von vorne bis hinten ein Fake. Ludwig, du kennst mich."

„Natürlich ist es nicht wahr. Aber du weißt ja, wie das heute ist. Wenn so ein Vorwurf erst einmal aus dem Sack ist, fängst du ihn nicht mehr ein, und das Thema ist sensibel. Irgendwie wirst du reagieren müssen."

Hans-Werner Hänsel sagte: „Na ja, abwarten", überreichte dem Vizeobmann sein Handy, mimte den Unverwundbaren, der Pfeilchen dieser Größe stoisch abschüttelt, ging in den Saal zurück, fragte die eine und den anderen nach dem Befinden, hörte einigermaßen zu, brachte noch drei, vier mitgebrachte Scherze an, bedankte sich bei Tom & Chris mit mühsam gestemmter Herzlichkeit und verabschiedete sich.

„Junge, komm bald wieder", rief Chris ihm nach und alle lachten.

„Du weißt, HWH, auf mich kannst du zählen. Die Veranstaltung ist auch gut gelaufen."

„Danke, Ludwig."

„Und für diese lästige Sache … alles Gute! Wird schon nicht so heiß gegessen werden …"

Auf dem Weg zum Auto prüfte HWH sein Handy. Sechzehn versäumte Anrufe, ungewöhnlich für einen Sonntag. Zwei Genossen aus dem Vorstand, keine Genossin – gutes oder schlechtes Zeichen? –, Presse, Presse, Presse, einige Unbekannte – und Romana, fünf Anrufe in Abwesenheit und eine eindeutige SMS. Die Scheiße war am Kochen, keine Frage.

Hans-Werner Hänsel startete den Wagen ... Ruhig bleiben, HWH, du bist ein Profi und du hast dir nichts vorzuwerfen ... Kühler Kopf, starkes Herz ... Wer war diese Frau? Er kannte keine Margarete Kantor ... Vielleicht ist das ein Pseudonym ... Und dieser angebliche Vorfall liegt Jahre zurück ... fiel in seine Studienzeit ... natürlich waren das wilde Jahre, aber Gewalt war nie im Spiel, nie! Ich war schon als Schüler Feminist und Frauenversteher ... Vielleicht ist diese Margarete eine Kranke, eine Wahnsinnige, oder es handelt sich um eine Verwechslung ...

Die Medienanfragen würde er heute ignorieren. Er musste zuerst mit Freunden und Genossen reden, mit Romana vor allem ... Bloß keine Panik, HWH, alles gut! Diese Anschuldigung entbehrt jeder Grundlage. Sicher ein Irrtum, der leicht und schnell aufzuklären ist, sicher ...

„Wahrscheinlich ist es eine Verwechslung, vielleicht auch eine dreiste Lüge, eine politische Intrige“, sagte er zu Romana, die ihm schon im Flur entgegenkam und seinen Begrüßungskuss, so schien es ihm, zögernd annahm.

„Aber diese Frau schildert die Situation sehr genau, dieses Institutsfest. Erinnerst du dich denn an gar nichts?"

„Hallo, Romana, was soll das? Wird das ein Verhör!?"

„Schrecklich ist das. Wie sie in diesen dunklen Seminarraum gedrängt wird ..."

„Ja, das ist schrecklich, aber es hat nichts mit mir zu tun."

„Das will ich hoffen."

„Das brauchst du nicht zu hoffen, das musst du mir glauben."

„Muss ich?"

„Romana, ich fasse es nicht. So etwas Mieses traust du mir zu?"

„Ich komme aus einem Kriegsgebiet. Männern traue ich alles zu."

„Männern! Es geht um mich, um Hans-Werner, *deinen* Mann!"

„Du kannst das nicht auf die leichte Schulter nehmen, Hänsel. Das ist keine Bagatelle."

„Ich nehme es nicht auf die leichte Schulter, aber ich bleibe gelassen. Ich weiß, dass ich damit nichts zu tun habe."

Hans-Werner Hänsel fand wenig Schlaf in dieser Nacht. Dann, knapp vor vier Uhr, eine verstörende Erinnerung, die Auferstehung eines Gespensts ...

Margarete … Gretel … aber die hieß doch nicht Kantor, die hieß … wie hieß sie? Maurer … die Genossin Gretel Maurer … saß mit ihm in der Institutsvertretung … und ja, geflirtet hatte er mit ihr, aber nicht mehr, nicht viel mehr zumindest als generell … Hänsel und Gretel, so hatte sie dieser blöde Dietrich genannt, Diederich, diese unsympathische Burschenschaftsvisage … War es möglich, dass diese Gretel …?

Hänsel glitt geräuschlos aus dem Bett, setzte sich an den Laptop, suchte im Netz nach Hinweisen, fand aber nichts Brauchbares.

Am Montagmorgen meldete sich der Landesgeschäftsführer. Hänsel stand noch im Bad.

„Na, endlich", sagte Gollner, „warum hast du gestern nicht auf meinen Anruf reagiert? Immerhin haben wir Feuer am Dach, und zwar kein kleines. Oder siehst du das anders?"

„Das ist ein ganz übles Fake, Tobias, entweder ist diese Frau verwirrt oder Teil einer miesen Intrige …"

„Wie auch immer, wir erwarten von dir, dass du die Sache so schnell wie möglich klärst. Bis dahin lässt du alles andere ruhen. Nimm dich aus dem Schussfeld, HWH."

„Heute ist Landtagssitzung."

„Nicht für dich. Du bist leider bis auf weiteres erkrankt."

Als Hänsel aus dem Bad kam, war Romana mit den Töchtern schon auf dem Weg zur Schule. Er blätterte in den Zeitungen. Dürftige Kurzmeldungen fand er, hastig hingeworfen noch knapp vor Redaktionsschluss, wie es schien ... *Es gilt die Unschuldsvermutung*. Allerdings gilt die, dachte Hänsel, trank seinen dritten Espresso und begann eine Presseaussendung zu schreiben: *Ich weise diese ungeheure Anschuldigung entschieden zurück* ... Mit Rückfragen der Redakteure war spätestens ab zehn Uhr zu rechnen. Was wird er ihnen sagen, wenn sie ihn fragen werden, ob er die Frau kennt, die ihn beschuldigt? Dünnes Eis, HWH, verdammt dünnes Eis, du brauchst eine Rechtsberatung.

Voglgruber & Partner zu konsultieren war naheliegend. Keine andere Anwaltskanzlei bekam von der Partei so viele Aufträge wie diese. Severin wollte er sprechen, den Seniorchef, den er persönlich kannte. Severin war aber nicht zu sprechen, seine Tochter Martha übernahm das Telefonat. Die Juniorchefin war freundlich, sagte, sie habe seinen Anruf erwartet, machte ihm aber unmissverständlich klar, dass Voglgruber & Partner seine Sache nicht übernehmen werde.

„Es tut mir leid, Herr Hänsel, aber wir haben da einen internen Kodex. Wir vertreten bei solchen Fällen nur Frauen, die als Klägerinnen auftreten, also die Opfer ...“

„Aber ich bin doch kein Täter, ich bin zwar ein Beschuldigter, aber unschuldig. Sie kennen mich doch, Frau Doktor Voglgruber ...“

„Ja, jaja, sicher, aber wie gesagt. Unsere Kanzlei macht so etwas nicht. Ich wünsche Ihnen alles Gute, Herr Hänsel. Auf Wiedersehen.“

Hören, brummte er, auf wieder*hören* muss das heißen und blieb verstört in der Küche sitzen. Voglgruber & Partner vertritt mich nicht, berät mich nicht einmal, weigert sich einfach. Eine Unverschämtheit ist das, eine Frechheit, ein Affront – oder eine Intrige. Eine hinterhältige Intrige, die vielleicht sogar aus der Partei kam. Dass er dort nicht nur Freunde hatte, wusste er. Wäre es anders, dann wäre es keine Partei.

Nach einer Weile sang sein Handy *Küss die Hand, schöne Frau*, diesen alten EAV-Song, den Hänsel seit Jahren als Klingelton verwendete, weil er ihn mochte. Jetzt erschrak er, als würde ihn dieses Lied entlarven und verraten an die unbekannten Feinde, die da draußen an seiner Niederlage arbeiteten. Voglgruber & Partner las er auf dem Display und fasste wieder Mut. Severin war es, der Seniorchef. Ha, der hat sicher seine arrogante Tochter zurückgepfiffen.

„Hallo, Severin!“

„Grüß dich, Hans-Werner. Ich wollte noch selbst mit dir reden, weil mir das in deinem Fall wirklich leid tut, aber Martha hat dir erklärt, warum wir dir nicht helfen können.“

„Äh, aha … weißt du, ich hatte jetzt eigentlich etwas anderes erwartet, so eine Art Entschuldigung."

„Ich sag dir ja, es tut mir leid, aber in der Sache ändert das nichts. Bei uns ist das eben Prinzip. Sozialdemokratischer Wertekanon, das verstehst du doch."

„Okay, Severin, akzeptiere ich. Ich sag dir nur eins, ich weiß noch nicht, was da läuft gegen mich, und ich weiß auch nicht, wer dahintersteckt. Aber eines weiß ich: Ich bin unschuldig. Daher werde ich nicht in den Dreck fallen, in den man mich stoßen will. Im Gegenteil, ich werde sauberer und stärker dastehen als vorher. Und wenn ich mein politisches Ziel erreiche, werde ich sicher nicht vergessen haben, wer jetzt zu mir steht und wer mich hängen lässt."

Severin Voglgruber seufzte. „Das klingt fast nach Erpressung, Herr Parteiobmann in spe, aber ich überhöre es, weil ich mir vorstellen kann, wie es dir seit gestern geht. Hör mir, bitte, noch eine schwache Minute zu. Unsere Kanzlei kann dich nicht vertreten …"

„Das weiß ich mittlerweile, danke!"

„Aber ich kann dir einen Kollegen empfehlen, der sich auf solche Problemfälle spezialisiert hat und der vorrangig Männer vertritt, auch in schwierigen Scheidungsangelegenheiten. Moralisch kann man zwar manches kritisch sehen, was er so macht, aber juristisch steht er für absolute Präzisionsarbeit.

Gernot Brunmayr ist kein ausgesprochener Sympathieträger, politisch gehört er ins rechte Spektrum, aber die Interessen seiner Klienten vertritt er bravourös. Das muss ihm der Neid lassen. Vielleicht redest du mit ihm."

„Aha, Gernot Brunmayr also … den Namen kenne ich, allerdings nur den Namen … mal sehen."

Sie beendeten das Telefonat – nicht herzlich, nicht einmal freundschaftlich, aber höflich. Immerhin … Severin Voglgruber schaute nachdenklich aus dem Fenster. Er war Sozialdemokrat seit seiner Jugend, Sozialistische Jugend, BSA, Parteimitglied seit vierzig Jahren. Dennoch war er nicht sicher, ob es klug war von Martha, einer Anwaltskanzlei eine so auffällige weltanschauliche Marke zu verpassen: Frauen, Soziales, Minderheiten ... Aber was solls! Die Zukunft gehörte der nächsten Generation. Martha war sechsunddreißig, ehrgeizig, zielstrebig, kompetent, hoch motiviert und keine Gegnerin des eigenen Vorteils. Ihr Altruismus war nicht nur Haltung, sondern auch Geschäftsmodell. Seit zwei Jahren gehörte Lebensgefährte Markus zu Marthas Leben, drei Jahre jünger als sie, smart, sympathisch, Doktor der Volkswirtschaft, Versicherungsmanager mit universitärem Spielbein, aber auch in der Partei kein Unbekannter mehr. Markus Urban galt als Geheimtipp für die Zukunft, ein Pragmatiker, einer, der mit allen reden konnte, auch mit den Blauen.

Viele fanden das richtig, sprachen es aber nicht offen aus. Hatte Marthas strikte Weigerung, Hans-Werner Hänsel zu vertreten, mehr mit Markus zu tun als mit ihrem Feminismus?

Severin Voglgruber mochte diesen Markus. Martha und er waren ein Paar, an dem ein grau gewordener Mann wie er seine väterliche Freude hatte, hoffentlich bald auch seine großväterliche. Severin hatte vor drei Jahren seinen Sechziger gefeiert, spätestens in einem Jahr würde er beginnen, sich schrittweise aus dem Berufsleben zurückzuziehen. Noch war er gesund und kräftig genug, seinen alten Traum zu verwirklichen. Er wird ein hochseetaugliches Boot kaufen und in den wärmeren Jahreszeiten durch das Mittelmeer segeln, von Land zu Land, von Hafen zu Hafen, wird bleiben, wo und solange es ihm gefällt, wird weiterziehen, sobald er sich weitergezogen fühlt.

Erika hatte ihn vor siebzehn Jahren verlassen. Das hatte ihn gekränkt, aber er hatte sie verstanden. Hand aufs Herz, er war ein mäßig begabter Ehemann gewesen. Seine drei halbherzigen Versuche, nach Erika noch einmal eine Partnerschaft zu wagen, waren Fragment geblieben. Die ersten zwei waren auf halbem Weg geräuschlos verkümmert, die dritte und letzte war pompös zusammengestürzt, weil Gisela in unbeschreiblichen Szenen erzwingen wollte, was man nicht erzwingen kann. Geschrei und Tränen, fliegende Weingläser, Suiziddrohungen … Grauenhaft … Liebe, ein allzu verheißungsvolles Wort.

Und dieser Hänsel? Eine politische Begabung ist er, keine Frage. Aber ein Großer wird er trotzdem nicht werden. Diese *MeToo*-Anschuldigung könnte ihn für immer beschädigen, auch wenn sie unhaltbar ist. Wahrscheinlich ist sie unhaltbar. Davon war Severin zu 99 Prozent überzeugt. Trotzdem, eine Restwahrscheinlichkeit bleibt, denn unmöglich ist fast gar nichts unter Menschen … achtunddreißig Jahre Berufserfahrung. Apropos Berufserfahrung. Severin Voglgruber sah auf die Uhr. Ein Gerichtstermin.

15
Wir stehen erst am Anfang einer kleinen Abenteuerreise

Hans-Werner Hänsel stand vor dem Altstadtgebäude, in dem sich die Anwaltskanzlei Brunmayr über zwei Stockwerke ausbreitete, und schaute auf die Uhr. Er war einige Minuten zu früh gekommen. Die Kälte setzte ihm zwar zu, aber er drehte noch zwei Runden um den Platz und rekonstruierte seine Lage, als stünde ihm eine Prüfung bevor.

Mach dir nichts vor, HWH, du hast die Kontrolle verloren. Du hattest deine Rolle, du hattest deinen Text und alles lief nach Drehbuch. Plötzlich trampelt ungebeten, unverfroren eine unbekannte Spielfigur ins Bild, zeigt mit schmutzigem Finger auf dich und klagt dich an. Du protestierst: Was will die hier?! Die hat hier keinen Auftritt! – Aber keiner hört dir zu. Niemand springt an deine Seite. Die meisten wenden sich ab von dir, gleichgültig oder verlegen eine Entschuldigung stammelnd, und einigen kommt, wie dir scheint, dieser schrille Zwischenfall sogar gelegen. HWH, du kannst nicht mehr den Coolen spielen und weitermachen, als ob nichts passiert wäre. Du brauchst jetzt einen neuen Text. Aber welchen? Und woher nimmst du ihn? Von Gernot Brunmayr? Ausgerechnet von dem …

„Ich kenne nur den *MeToo*-Eintrag und einige Medienberichte“, sagte Brunmayr, „schildern Sie mir die Sache mit allen Details, die Ihnen einfallen, egal ob es Sie entlastet oder belastet. Wir müssen auf alles vorbereitet sein, um nicht unangenehme Überraschungen zu erleben.“ Und grinsend fügte er hinzu: „Dein Anwalt ist dein Beichtvater. Sie können mir vertrauen.“

Der schmale, eher kleine, aber sportliche, offensichtlich trainierte Mann saß hinter seinem großen, dunklen altdeutschen Schreibtisch, als hätte er in Fehleinschätzung der Proportionen die falsche Möbelgröße bestellt. Brunmayr war eloquent, seine Tonlage war aber irritierend hoch und wirkte angestrengt. Die Augen hinter der dunklen Brille wirkten wie aufgerissen, die Brauen zog er hoch. Angenehm war diese juridische Erscheinung nicht. Konnte er so einem vertrauen? Er *konnte* nicht nur, er *musste*, in seinem eigenen Interesse. Das Bedrohliche, geradezu Kampfhundartige, das von dem Mann ausging, würde sich nicht gegen ihn wenden, den Klienten, sondern gegen die verfluchte Gegnerin, üble Verleumderin, dreiste Wichtigtuerin und offensichtlich Geisteskranke. Und das war gut so.

Viel sei nicht zu erzählen, sagte Hänsel, dieser angebliche Vorfall liege mehr als zwanzig Jahre zurück und sei selbstverständlich frei erfunden. Dreiundzwanzig sei er gewesen, Student, Single mit wechselnden Kontakten, nie etwas Festes. Ob er sich überhaupt an alle Kleinstaffären erinnere, sei zwar ungewiss. Aber eines wisse er sicher, Gewalt sei nie im Spiel gewesen, absolut nie!

„Wer ist diese Margarete Kantor, von der Sie beschuldigt werden?"

„Ich weiß es nicht, also, ich bin mir nicht sicher. Dunkel erinnere ich mich an eine gewisse Gretel, eine Studienkollegin und politische Funktionärin. Das war aber nicht viel mehr als ein Flirt, glaube ich …"

„*Glauben* Sie."

„Mit sehr hoher Wahrscheinlichkeit. Sie wissen ja, wie das ist, bei diesen Studentenfesten fließt der Alkohol nicht zu knapp. Da gibt es ab und zu wohl auch einen Filmriss."

„Diese Frau Kantor spricht von einem Institutsfest, das die Studentenvertretung organisiert hat. Erinnern Sie sich daran?"

„Ich erinnere mich an Institutsfeste, sicher, aber ob da gerade dieses eine dabei ist, keine Ahnung … Wie gesagt, dieser angebliche Vorfall, den gab es nicht, da kann es gar keine Erinnerung geben."

„Die Zuverlässigkeit von Erinnerungen an Ereignisse, die viele Jahre zurückliegen, darf man nicht überschätzen."

„Wollen Sie damit sagen, dass ich Ihnen die Unwahrheit sage?"

„Nein. Ich will damit sagen, dass es eine ganze Menge Unerinnertes gibt. Bei Ihnen, bei mir, bei allen Menschen. Um Wahrheitsfindung geht es hier nicht, nicht einmal um den Beweis Ihrer Unschuld."

„Sondern?"

„Um die Nicht-Beweisbarkeit Ihrer Schuld."

„Ich habe keine Schuld!"

„Davon gehen wir hypothetisch aus."

„Und selbst wenn ich diese Tat begangen hätte, sie wäre verjährt, weil sie mehr als zwanzig Jahre zurückliegt. Ich fürchte nicht eine strafrechtliche Verurteilung. Mir geht es in erster Linie um die Rufschädigung. Die kann mich meine politische Karriere kosten."

„Ich muss Sie leider korrigieren, Herr Hänsel. Wenn das Vergewaltigungsopfer zum Zeitpunkt der Tat noch jünger als dreißig Jahre war, dann tritt die Verjährungsfrist erst in Kraft, wenn das Opfer das dreißigste Lebensjahr vollendet hat. Diese Frau Kantor müsste also mindestens fünfzig sein, damit Ihre Tat – Ihre *angebliche* Tat – verjährt ist. Die Frau dürfte aber eher in Ihrem Alter sein, so Mitte vierzig. – Geht's Ihnen nicht gut?"

Hans-Werner Hänsel hatte blitzartig Gesichtsfarbe und Sprache verloren. Es gab keine Verjährung ... Das hieß, im allerschlimmsten Fall würde er im Knast landen! Also nicht nur die Karriere verpfuscht, auch das Leben ruiniert! Damit hatte er nicht gerechnet. Seine Überzeugung, er werde diesen unerwarteten, ärgerlichen Stolperstein innerhalb weniger Tage aus dem Weg räumen, um dann noch forcierter sein politisches Ziel anzusteuern, diese alles in allem beruhigende und kräftigende Überzeugung implodierte ebenso schnell wie still und schonungslos. Tränen traten in Hänsels Augen und er atmete schwer.

Gernot Brunmayr brachte ihm ein Glas Wasser. „Was ist los mit Ihnen? Soll ich Hilfe rufen?“

„Nein, bloß nicht! Nicht noch mehr Zeugen meines Untergangs!“

„Herr Hänsel! Wer redet denn von Untergang? Wir stehen erst am Anfang einer kleinen Abenteuerreise mit mäßigem Risiko.“

„Plötzlich scheint alles so aussichtslos zu sein. Herr Doktor Brunmayr, wie komme ich dazu?! Ich bin doch unschuldig.“

„Gewiss, Herr Hänsel, und genau das müssen Sie selbstbewusst und glaubwürdig vertreten. Gemeinsam werden wir es auch vor Gericht beweisen, sollte es überhaupt so weit kommen. Ich habe in den letzten zwei Jahren sieben Klienten vertreten, die ein ähnliches Problem hatten wie Sie. In einem schwierigen Fall kam es zu einem außergerichtlichen Vergleich, der ein bisschen Geld gekostet hat, aber sonst nichts. In drei Fällen kam es nicht einmal zu einer Anklage, in den restlichen drei endeten die Prozesse mit Freisprüchen für meine Klienten. Wichtig ist, dass Sie jetzt keinen Fehler machen. Sprechen Sie mit niemandem über die Sache, schon gar nicht mit Journalisten.“

Auf dem Heimweg steckte Hans-Werner Hänsel den Kopf in den hochgestellten Mantelkragen und zog den Hut tief in die Stirne, als wäre er ein Verfolgter, der keinesfalls erkannt werden darf. Hänsel schämte sich. Die Dämonen, die ihn vorhin in Brunmayrs Kanzlei geschwächt hatten, kehrten zurück, und die schlimmen Bilder, die andere von ihm anfertigten, krochen auch in sein Hirn und begannen sein gewohntes Selbstbild zu überlagern. Ihm wurde bewusst, dass er sich schuldig fühlte, und empörte sich gleichzeitig über diese Zumutung.

Romana fuhr den harten Ton herunter, den sie am Vorabend angeschlagen hatte. Hänsel merkte es und würdigte es. Er war ihr dankbar, nahm sie fest in die Arme und sagte: „Noch nie habe ich dich so sehr gebraucht wie jetzt. Du kennst mich seit fünfzehn Jahren, Romana. Du kennst meine Haltung zu Frauen. Ich würde doch einer Frau so etwas Furchtbares nie antun."

Sie sah in Hänsels hilfloses Gesicht, nickte und küsste ihn auf die Wangen. „Warst du heute beim Anwalt?"

„Ja."

„Was sagt Voglgruber? Warst du beim Alten?"

„Ich war nicht bei Voglgruber, weder beim alten noch bei der jungen. Sie haben mir nämlich erklärt, dass ihre saubere Kanzlei Schmuddelfälle wie den meinen nicht vertritt. Das ist doch unglaublich. Ich werde beschuldigt, zu Unrecht beschuldigt, ich will mich verteidigen, und man verweigert mir den Rechtsbeistand, weil ich ein ach so böser Mann bin! Vorverurteilt aufgrund meines Geschlechts."

„Suchst du einen anderen Anwalt?"

„Severin Voglgruber hat mir einen empfohlen." Hänsel zögerte einen ahnungsvollen Augenblick lang, dann sagte er betont harmlos: „Einen gewissen Brunmayr."

„Das ist aber nicht *der* Brunmayr. Gernot Brunmayr."

„Doch, Gernot … ja, Gernot Brunmayr."

„Dieser rechtsradikale, xenophobe Frauenhasser."

„Jetzt übertreib nicht, bitte. Brunmayr gilt als rechtsbürgerlich, aber nicht als rechtsradikal. Politisch tritt er gar nicht in Erscheinung, und nicht jeder, der kein Feminist ist, muss deshalb gleich ein Frauenhasser sein. Er ist ein sehr guter Jurist."

„Meine Güte, Hans, welchen Leuten vertraust du dich da an! Ich will nicht schon wieder mit dir streiten. Ich weiß, dass du jetzt meine Unterstützung brauchst, aber versprich mir, dass du über einen anderen Anwalt nachdenkst, am besten über eine Anwältin. Wenn dich eine Frau vertritt, wirkt das viel glaubwürdiger."

Hänsel versprach es. Er hätte gerne mit Romana geschlafen. Sie klagte über Migräne.

16
Dietrich träumte süß vom Untergang seiner Feinde

Brunmayr ja, Brunmayr nein. Hänsel musste sich entscheiden. Er zog das Handy aus der Manteltasche, sah die Nummer der Anwaltskanzlei auf dem Display und erwog eine klare, kurze, höfliche Absage. Wie sollte er sie begründen? – Gar nicht. Nein heißt nein. Basta!

Er zögerte, war sich seiner Sache zu wenig sicher und steckte das Handy wieder ein. Romanas Widerwille gegen Brunmayr ist verständlich, dachte er, als hinlänglicher Grund für eine Absage taugt er aber nicht. Zu subjektiv, zu emotional, sie kennt ihn nicht, nur seinen einschlägigen Ruf in unseren politischen Kreisen.

Hänsel überlegte, wen er noch um seine oder ihre Meinung fragen könnte, dachte zuerst an Clemens, an Ivo, dann auch an Esther, Tobias eher nicht … Gab es einen Zweifel an ihrer Loyalität? Nein, nicht den geringsten, hätte er bis vorgestern gesagt.

Aber die alten Sicherheiten waren erschüttert. Keiner von denen hatte ihn kontaktiert, nicht einmal Clemens, nicht einmal Esther. Das war seltsam, das verhieß nichts Gutes. Hänsel spürte sich auf schwankendem Grund.

Romana hatte die Kinder zur Schule gebracht und war zur Arbeit gefahren. Welchen Einflüsterern wird sie dort begegnen? Er stieg ins Auto und fuhr ziellos Richtung Süden. Bald verließ er die Autobahn und zog sich vor dem Rollen und Rauschen der Welt auf schmale Seitenstraßen und Güterwege zurück. Deren letzter mündete in einen Forstweg. Hänsel hielt den Wagen an. Wo in wärmeren Monaten die Wanderer rudelweise Freizeit erlebten, schleppte jetzt ein Vereinzelter die Bürde seiner unfreiwilligen Freisetzung durch den Wald. Grau war der Tag, windstill zwar, aber kalt. Schnee war noch Mangelware, spärlich segelten einige Flocken zur gefrorenen Erde.

Nach einstündigem Fußmarsch traf Hänsel an einer Weggabelung auf einen älteren Mann, der mit einem Kleintraktor unterwegs war und in wintergerechter Arbeitskleidung den strapazierten Forstweg ausbesserte.

„Grüß Gott", sagte Hänsel, verkniff sich sein gewohntes *Hallo*, auch sein entschieden laizistisches *Guten Tag*, entschied sich hier und heute bewusst für volksnahe Kommunikation.

„Griaß di", murmelte der Mann, ohne von seiner Schaufel aufzublicken.

Hänsel blieb stehen, fragte nach dem Zustand der Waldwege, nach den Schäden und ihren Ursachen. Der Mann antwortete nicht unhöflich, aber einsilbig, offensichtlich desinteressiert am Gespräch mit einem ahnungslosen Städter, der in untauglicher Kleidung und ungeeignetem Schuhwerk durch den Wald irrte. Hänsel hingegen gefiel das Zusammensein mit einem Menschen, der ihn, wie es schien, nicht kannte, der nichts von ihm erwartete, weder Gutes noch Böses, ihn weder mied noch bedrängte und in selbstverständlichem Einklang mit sich und seiner nützlichen Tätigkeit auf die natürlichste Weise da war.

Stumm sah Hänsel den Verrichtungen des Mannes eine kurze Weile zu, dann fragte er nach dem Verlauf der Wege und ob einer davon ein Rundweg sei.

Rundweg gäbe es keinen, sagte der Mann, der breitere Weg führe hinauf zum Häusl der alten Miaz.

„Und der andere?"

„Der geht nirgends hin. Der ist gach amoi aus."

Hänsel bedankte sich für die Auskunft und entschied sich für den Weg ins Nirgendwo. Keine zwanzig Schritte war er gegangen, da rief ihm der Mann nach: „Tuast du dir eh nix an?"

Hänsel blieb irritiert stehen und ging zurück. „Nein", sagte er und übernahm das ortsübliche Du, „wie kommst du auf die Idee?"

Er wäre nicht der Erste, der hier vom Ast geschnitten wird, antwortete der Mann. Vor zwei Jahren sei auch einer vorbeigekommen, auch einer aus der Stadt, der ihn nach der Richtung gefragt habe. Er habe sich noch gewundert, dass der Städter ausgerechnet den Hohlweg eingeschlagen habe, der irgendwo im Unterholz endet. Aber ein jeder, wie er will, habe er sich gedacht, es gäbe halt solche und andere. Drei Tage später sei ein Suchtrupp aufgebrochen. Man habe den Toten vom Baum geholt. Er selbst sei dabei gewesen, und die Bilder werde er nicht mehr los, weil er sich gedacht habe: Lois, das hättest du vielleicht verhindern können. Man soll den Menschen nicht immer ihren Willen lassen. Traurig sei das, wenn ein gesunder Mensch vor der Zeit geht, die ihm bestimmt ist. Zwei aus seinem Dorf seien auch freiwillig gegangen, der eine habe sich erschossen, der andere im Stall aufgehängt. Und immer sind es die Männer, die Schluss machen, zumindest hier am Land. Denen wächst alles über den Kopf, der Hof, die Schulden, die Weiber, das Saufen, eine schwere Krankheit oder einfach nur irgendeine Spinnerei, die keiner verstehen kann, außer er hat auch einen Sprung im Schädel.

Morgen ist auch noch ein Tag, dachte Hänsel auf der Rückfahrt. Er fühlte sich müde und kraftlos. Brunmayr ja, Brunmayr nein, das entscheide ich morgen. Vielleicht frage ich doch noch den Clemens oder die Esther … oder lieber den Ivo? Manchmal sind Parteifreunde wirklich Freunde, soll vorkommen.

Er schaltete das Handy wieder ein. Dreizehn Anrufe in Abwesenheit. Romana machte sich Sorgen, weil sie ihn nicht erreichte ... ein Anruf vom Papa. Ja, klar, die Eltern, die hatte er bisher verdrängt. Sie würden ihm sicher glauben, ihn rückhaltlos verteidigen gegen diese bösartige Welt aus Verleumderinnen und Intriganten. Aber half ihm eine Liebe, die nicht nach Wahrheiten fragte, sondern einfach nur Partei ergriff?

Als es Abend geworden war und Romana die Vorhänge vor die Außenwelt gezogen hatte, war sich Hänsel seiner Sache endlich sicher. Morgen Früh würde er Brunmayr anrufen und den Auftrag – war es überhaupt ein Auftrag? – zurückziehen. Auf Romanas halb besorgte, halb herausfordernde Frage, ob er sich in der Anwaltssache entschieden habe, antwortete er, Brunmayr sei Vergangenheit. Sie küsste ihn.

„Das ist gut, Hänsel, glaub mir, das ist wirklich gut."

„Ich will heute stumpfsinnig auf den Fernsehapparat glotzen", sagte er, „suchst du uns etwas Sinnloses aus? Serienkrimi, amerikanische Liebeskomödie, von mir aus sogar irgendeine Bergseeklinik, Hauptsache doof."

Daraus wurde nichts. Als Romana das TV-Gerät einschaltete, kündigte die Moderatorin eine Gesprächsrunde an – über sexuelle Gewalt, aus aktuellem Anlass. Romana suchte nichts Doofes mehr, das Gefundene war blöd genug.

Dietrich Pernauer hatte sein Abendessen im Ratskeller eingenommen, fühlte sich nach dem Verzehr einer geschmorten Lammkeule mit Speckbohnen auf dem Heimweg nahezu glücklich und war entschlossen, dem soeben genossenen Blaufränkischen noch ein Glas Cabernet Sauvignon aus eigener Lagerung nachzugießen.

Was gibt es eigentlich Neues in der Causa Hans-Werner Hänsel?, dachte er vergnügt und stieß auf eine Fernsehsendung, die soeben begonnen hatte, eine Diskussionsrunde, die von der Moderatorin vorgestellt wurde. O ja! Das interessierte ihn: eine junge Psychologin, die zwei populäre Bücher zum Thema geschrieben hatte, eine ältere Sozialarbeiterin im Frauenhaus, ein Kulturphilosoph und – oha, schau an! Das ist ja der Gernot! Gernot Brunmayr, ein Freund von Joachim, so wie dieser ein schlagtüchtiges Mitglied der Markomannen – und eigentlich ein attraktiver Mann, dachte Dietrich und seufzte …

Mit Gernot haben sie wahrscheinlich die Rolle des bösen Krokodils besetzt. Dietrich wusste, dass diese Talk-Runden meist nach dem Prinzip des Kasperltheaters zusammengestellt wurden. Die Psychologin war der oberkluge Kasperl, die Sozialarbeiterin die liebe Großmutter, der Kulturphilosoph der lustige Seppl. Er hatte ein Buch über den Genuss aus dem Geist Epikurs geschrieben und verteidigte das Tabakrauchen gegen die Gebildeten unter seinen Verächtern.

Hab ich mich jetzt verhört?, dachte Dietrich, Gernot Brunmayr ist der Anwalt von HWH? Was soll man denn davon halten? Warum verteidigt ein strammer Markomanne diesen Obersozi? Aber je länger er darüber nachdachte, umso vergnügter machte ihn das Paradoxe der Situation. Dietrich, Dietrich, da stehen uns spannende Zeiten bevor!

Im Hause Hänsel-Jovanovic hatte die Information der TV-Moderatorin, Dr. Gernot Brunmayr sei der Anwalt von Hans-Werner Hänsel, nicht Amüsement und frivole Neugier ausgelöst, sondern Wut, Gram und Schrecken. Ob er ihr das erklären könne, fragte eine sichtlich erhitzte Romana ihren verdächtigen Gefährten, und Hänsel, mehr stammelnd als sprechend, brachte hervor, es müsse sich um ein Missverständnis handeln. Er habe mit Brunmayr nur ein … äh … eine … Art Vorgespräch geführt, unverbindlich – und ja, selbstverständlich stehe er zu seiner Entscheidung, Brunmayr nicht zu beauftragen, und, äh, nein, davon habe er Brunmayr noch nicht in Kenntnis gesetzt, also nicht so direkt, aber morgen, gleich morgen Früh, da werde er mit klaren Worten …

Angespannt bis zur Reißgrenze folgten Romana und Hans-Werner der Fernsehdiskussion. Nach wenigen Minuten wurde Romana die Last zu schwer. Sie verließ erzürnt die Wohnung, weithin hörbar krachte die Tür ins Schloss. Scheiße, scheiße,

scheiße, dachte Hänsel, hoffentlich kriegen unsere Mädels das nicht mit.

Wie es wohl dem Hänsel geht, wenn er das hört und sieht, dachte Dietrich, war zufrieden und füllte noch einmal das Weinglas. Die Psychologin erklärte soeben das narzisstische Alpha-Männchen, das für sein labiles Selbstwertgefühl nicht nur den beruflichen Erfolg braucht, sondern auch den sexuellen. Möglichst viele Frauen ins Bett zu kriegen, das werde bei manchen zur Sucht, Harvey Weinstein sei ein typisches Beispiel, eines von vielen. Im Grunde sei das ein Krankheitsbild, das nach einer Therapie schreie.

Die Sozialarbeiterin bedauerte, dass es zu wenig Solidarität unter betroffenen Frauen gäbe. Da könnten wir uns ein Beispiel an den Bonobos nehmen, die uns ja fast so ähnlich sind wie die Schimpansen, sagte sie. Wenn ein Bonobo-Männchen einem Weibchen gegenüber aggressiv wird, stößt das Weibchen einen schrillen Schrei aus. Daraufhin kommen die anderen Weibchen von den Bäumen und eilen der Geschlechtsgenossin zu Hilfe. So hätten es die Bonobo-Weibchen geschafft, sexuelle Gewalt zu unterbinden. Zur Nachahmung im Menschenreich empfohlen!

Er stimme zu, stimme grundsätzlich in allem zu, sagte der Kulturphilosoph, wolle aber davor warnen, das Kind mit dem Bade auszuschütten. Wenn jedes Kompliment, jeder Annäherungsversuch, jeder kleine Flirt unter Sexismus-Verdacht gestellt und kriminalisiert werde, dann gäbe es keine erotische Kultur mehr. Sexualität gehöre nun einmal zur natürlichen Grundausstattung des Menschen. Sie – zumindest in ihrer männlichen Variante – zu verteufeln, sei ein falscher und obendrein gefährlicher Weg, er führe zu kollektiven Neurosen. In Schweden werde eine App angeboten, mit der zwei Annäherungswillige in einem Vertrag Punkt für Punkt festlegen können, wie weit sie bereit sind, miteinander zu gehen. Der romantische Abend führt also nur mehr dann ins Bett, wenn vorher die Standardliste aller möglichen sexuellen Aktivitäten ausgefüllt, unterzeichnet und abgeschickt worden ist. Will man das wirklich?

Sex, Gewalt und Recht. Gernot Brunmayr war an der Reihe, das Krokodil, der Anwalt eines Täters, eines mutmaßlichen Täters, wie die Moderatorin betonte, denn es gilt die Unschuldsvermutung. Brunmayr schickte voraus, dass er ein ziemlich schlechter Anwalt wäre, würde er sich hier über einen Mandanten äußern. Er möchte lediglich festhalten, dass sein Mandant in einen Zusammenhang gerückt werde, in den er nicht gehöre. Es sei vorsätzliche Bosheit, Hans-Werner Hänsel mit den schmierigen Hollywood-Praktiken eines Harvey Weinstein oder den Bunga-Bunga-Partys von Berlusconi in Verbindung zu bringen. Weder gehe es hier um ein Abhängigkeitsverhältnis noch um Minderjährige. Im Übrigen entsetze es ihn, Brunmayr, wie einfach es mittlerweile sei, jeden Mann, der so arglos sei, sich mit einer Frau ohne Zeugen unter vier Augen zu unterhalten, öffentlich eines sexuellen Übergriffs, im Extremfall einer Vergewaltigung zu beschuldigen. Und man sehe ja, wie rasch und bereitwillig quotengeile Medien solche Vorfälle aufgreifen, wie heuchlerisch und geifernd sie auf sogenannten „sozialen" Medien breitgetreten, verfälscht und übertrieben werden. Aus rechtsstaatlicher Sicht müsse man dieser aggressiven Form des Feminismus entgegentreten, die jedes Augenmaß für Angemessenheit verloren hat. Daher habe er es sich zur Aufgabe gemacht, betroffene Männer vor solchem Unrecht zu schützen.

Knapp vor Mitternacht kam Romana zurück. Hänsel hatte das Fernsehgerät längst ausgeschaltet, saß aber immer noch im Wohnzimmer und starrte bitter und bockig auf ein leeres Schnapsglas und einige Zigarettenkippen.

„Du rauchst wieder!?" Romanas Stimme klang streng. „Noch dazu in der Wohnung? Wie tief wirst du noch sinken?"

„Ich rauche. Ich trinke Schnaps. Und mein Anwalt heißt Dr. Gernot Brunmayr. Häuptling Geiler Bock hat gesprochen. Hugh!"

„Hänsel, hau ab!“, sagte Romana, und sie sagte es so ruhig, dass an ihrer Entschlossenheit kein Zweifel bestand. „Zieh dich für ein paar Wochen zurück und bring deine Angelegenheiten ins Reine. Dann sehen wir weiter.“

Hänsel packte eine Reisetasche und verließ kurz nach Mitternacht wortlos die Wohnung. Zu dieser späten Stunde schlief Dietrich Pernauer tief und fest auf Onkel Haralds mürb gelegener Matratze und träumte süß. Vom Untergang seiner Feinde.

17
Im Begleitschutz von zwei Markomannen bezog Hänsel sein Winterquartier

Seine erste Nacht außer Haus hatte Hänsel einem Autobahnhotel anvertraut. Geschlafen hatte er gut und lang, denn seine Erschöpfung war von erlösender Wucht gewesen. Als er zwischen wenigen Gästen beim Frühstück saß, war es ihm plötzlich, als werde er vom einen oder anderen beobachtet und tuschelnd besprochen. Unangenehm war das. Hier wollte er nicht bleiben. Früher oder später würde ihn der Boulevard entdecken. Der Status des Unbekannten und Uninteressanten, in Demokratien eine Politikerkatastrophe, schien ihm in seiner Lage wünschenswert.

Wohin also? Zu den Eltern? Nein. Die Vorstellung, auf diese unglückliche Weise wieder zum Kind zu werden, verdross ihn. Und wie bitterdeutlich ihm wurde, dass alle seine Freundschaften – Freundschaften? – ins Politische eingeflochten waren. Es erschien ihm ausgeschlossen, jetzt bei Clemens oder Ivo um Herberge zu bitten. Esther würde ihn wahrscheinlich aufnehmen, wäre da nicht ihr krankhaft eifersüchtiger Egon. Ein Schriftsteller, erfolglos natürlich. Der hat schon einmal eine unsinnige Szene geliefert – wegen nichts. Wegen fast nichts.

Hänsel packte seine Reisetasche, setzte die Sonnenbrille auf, fuhr Richtung Westen, hätte sein neues nomadisches Ich gerne für eine kleine Ewigkeit in diesem erleichternden Zustand offener Bewegung gehalten, verließ aber dann doch die Autobahn und bog ein zur nächsten Oase für eine Nacht.

Am frühen Nachmittag rief ihn Brunmayr an. Hänsel starrte aufs Display, unvorbereitet wollte er den Anruf nicht entgegennehmen. Er hätte gute Gründe gehabt, sehr verärgert zu sein. Brunmayr hatte sich hemmungslos zu seinem Anwalt ernannt, hatte ihm via Fernsehen ausrichten lassen, dass er den Auftrag annehme, den er gar nicht bekommen hat … noch nicht bekommen hat … zumindest nicht explizit bekommen hat. Oder doch? Hänsel wusste nicht mehr genau, wie sie am Montag in Brunmayrs Kanzlei verblieben waren. Und war es mittlerweile nicht unerheblich geworden? Hänsel, du hast dich entschieden, du wirst dein Elend diesem Mann anvertrauen. Er ist die stärkste Hoffnung in deinem Jammertal. Also, Rückruf!

Als hätte er soeben einen Freund gewonnen, erzählte Hänsel vom Zerwürfnis mit Romana. Wo er jetzt sei, fragte Brunmayr. Hänsel nannte ihm die Autobahnraststätte.

„Eine glückliche Fügung“, sagte Brunmayr, „ich bin zufällig in Ihrer Nähe und kann in einer schwachen Stunde bei Ihnen sein. Ich komme zu

Ihnen aufs Zimmer. Augenzeugen sind nämlich unerwünscht, Ohrenzeugen sowieso."

Gernot Brunmayr lehnte slimfit und breitbeinig im brombeerfarbenen Sessel, trank seinen Espresso, strahlte souveräne Gelassenheit aus und dachte laut über „realistische Möglichkeiten" nach. Eine Anzeige habe diese Dame noch nicht gemacht. Er vermute daher, dass der *MeToo*-Eintrag eine spontane Tat war, unüberlegt, ungeschickt, ohne juristische Begleitung, angestoßen allein von der irrationalen Hoffnung, auf diesem Weg zu erhalten, was sie für ihr „Recht" halte. Dagegen könne man vorgehen, mit einer Klage wegen Rufschädigung zum Beispiel. Wenn diese Margarete Kantor keine Beweise hat, kann die Sache rein rechtlich schnell erledigt sein. Die andere Seite, die politische, sei komplizierter, weil atmosphärischer Natur.

„In Ihrer Partei steht unabhängig von Fakten fest, wer die Guten sind und wer die Bösen. Frau gut, Mann böse – und wenn dieser Mann auch noch weiß und machtbewusst ist, au weh …"

Hänsel tolerierte Brunmayrs süffisante Polemik, versuchte sich zu erinnern an Gretel Maurer und die gemeinsame Zeit mit ihr. Eine Studienkollegin, eine Genossin – Brunmayr grinste mitleidig –, eher durchschnittlich in jeder Hinsicht, keine auffällige Erscheinung, irgendetwas an ihr habe er aber anziehend gefunden, vielleicht ihre Stimme …

Und irgendwann, daran erinnere er sich jetzt doch, irgendwann sei es tatsächlich zu einer Art Kuss gekommen, spät in der Nacht, im Innenhof eines Restaurants, aber sicher einvernehmlich und sehr flüchtig. Vielleicht habe sich diese Gretel damals mehr erwartet, vielleicht sei ihr eigentliches Motiv die Enttäuschung, eine späte Rache für Zurückweisung und Desinteresse.

„Sie meinen", sagte Brunmayr, „bei einer Frau, die Sie ein einziges Mal flüchtig geküsst haben, hält die Wirkung zwanzig Jahre an. Respekt! An männlichem Selbstbewusstsein mangelt es Ihnen nicht."

Brunmayr grinste wieder – und diesmal grinste Hänsel ein bisschen mit. Über Gretels weiteres Leben wisse er gar nichts, sagte er, er habe sie völlig aus den Augen verloren, aus dem Sinn sowieso. Er habe ja sein Studium abgebrochen beziehungsweise auslaufen lassen, habe von der Hochschulpolitik schon früh zur Landespolitik gewechselt, wie das nicht selten der Fall sei bei geborenen Politikern.

„Versuchen Sie, auf diskrete Weise etwas mehr herauszufinden über Ihre … Genossin Kantor, geborene Maurer. Ich werde meine Kanäle nützen. Vielleicht können wir ihr öffentliches Bild in ein ungünstiges Licht rücken: fragwürdiger Lebenswandel, psychische Schieflagen, Suchtprobleme, prekäre finanzielle Verhältnisse und so weiter."

Hänsel nickte. „Haben Sie auch eine Idee, wo ich mich verstecken könnte?“

„Verstecken? Sie sind doch nicht auf der Flucht.“

„Ich will für eine Weile von der Bildfläche verschwinden.“

Brunmayr dachte nach, dachte an Verwandte und Bekannte, an leer stehende Zweitwohnungen und heizbare Gartenhäuschen. Sein Kollege und Kneipbruder Joachim Pernauer fiel ihm ein. Die Pernauers hatten doch dieses abgelegene Anwesen, das Joachim gerne an die Russen verkauft hätte. Wäre es nicht höchst unterhaltsam für zwei wackere Markomannen, ausgerechnet einem vom Feminismus verfolgten Paradesozialisten zu einem sicheren Exil zu verhelfen?

„Ich *habe* eine Idee“, sagte Brunmayr, „Sie hören bald von mir.“

„Lieber Gernot, ich muss zugeben, deine Idee amüsiert mich“, sagte Joachim, „rein praktisch betrachtet gibt es derzeit kein Hindernis. Im Winter steht das Wutscherhäusl immer leer. Informieren muss ich meine Familie zwar schon. Ich muss aber keinen Namen nennen.“

Wer dieser *Freund eines Freundes* war, der für einige Wochen *wegen privater Schwierigkeiten* im Wutscherhäusl sein Winterquartier beziehen sollte, verriet Joachim nicht. Hildegard vertraute Joachim und fragte nicht nach Person und Umständen.

Reinhard war dieser anonyme Gast so egal wie alles andere, was sich im und um das Wutscherhäusl abspielte. Reingard war glücklicherweise für einige Wochen auf den Philippinen, um die seelischen Erfrierungen auszukurieren, die ihr der *feige* Waldemar, seine *miese* Frau und diese ganze *herzlose* Familie in diesem Jahr zugemutet hatten. Nur Dietrich blieb hartnäckig und bedrängte seinen ungewöhnlich hilfsbereiten Bruder mit unerwarteter Neugier, als wäre in ihm ein sechster Sinn erwacht.

Na gut, dachte Joachim, zeig ich halt ein bisschen brüderliche Kumpelhaftigkeit. Er zog Dietrich ins Vertrauen. „Es wird dich amüsieren“, sagte er, „du hast doch sicher von dieser *MeToo*-Sache gehört, Hans-Werner Hänsel …“

O ja, Dietrich hatte davon gehört und er war amüsiert, sehr amüsiert! Der große HWH, aus dem eigenen Heim gejagt von seiner kriegerischen Balkan-Amazone, sucht Asyl im Wutscherhäusl der „Nazifamilie“. Na, bumsti!

Joachim „Wotan“ Pernauer zu seiner Linken, etwas größer als Hänsel, Gernot „Loki“ Brunmayr zu seiner Rechten, etwas kleiner. Im beeindruckenden Begleitschutz von zwei Markomannen im Pelz bezog Genosse Hans-Werner Hänsel an einem sonnigen, aber kalten Jännertag sein geheimes Winterquartier in Grenznähe.

„Ihr Auto können Sie später in den Schuppen stellen“, sagte Joachim und sperrte die Haustüre auf. „Dann kommen Sie mal rein in die mehr oder weniger gute Stube. Sie sind hier am Land. Wissen Sie, wie man einen Kachelofen heizt?“

„Nein.“

„Dann erkläre ich es Ihnen.“

Joachim warnte vor einigen Unzulänglichkeiten im Haus. Die Aufbereitung des Warmwassers dauert lang, eine Herdplatte funktioniert nicht. Die letzte Hausreinigung liegt Wochen zurück. Eine Art Netz gäbe es zwar, aber nicht immer. Komfort sähe anders aus, er bedaure. Das Haus sei alt und sanierungsbedürftig, werde selten bewohnt und wahrscheinlich im Frühjahr verkauft.

„Bis dahin können Sie gerne bleiben, und sollten Sie es kaufen wollen, auch für immer.“

„Sie überschätzen das Einkommen eines Landespolitikers, Herr Pernauer“, sagte Hänsel, „aber ich danke Ihnen aufrichtig für Ihr Entgegenkommen.“

Als er nach dem Rundgang allein im kalten Flur des Wutscherhäusls stand, brach in Hänsels Seele das Weltunglück aus, die Wut über das Unrecht, dem er so hilflos ausgeliefert war, die Enttäuschung darüber, dass politische Weggefährten stillschweigend von ihm abrückten, der Zweifel, ob Brunmayr wirklich die richtige Wahl war, die Befürchtung, seine politische Karriere sei ein für alle Mal ruiniert, wie immer die Sache auch enden würde, die Verzweiflung über das Zerwürfnis mit Romana.

Es begann schon zu dämmern, als sich Hänsel von seinem Jammerplatz auf der Holztreppe, die in den ersten Stock führte, erhob und das Notwendige tat. Er holte die Reisetasche aus dem Wagen, verstaute die mitgebrachten Dinge in leeren Kästen und Truhen, verspürte bald Hunger und holte die Tragtaschen mit den Lebensmitteln. Kochen war nicht seine Kernkompetenz. Sie reichte für Rührei, Würstchen und Fertiggerichte.

Mittlerweile war es wärmer geworden in Küche und Stube. Hänsel bemühte sich, das Feuer im Kachelofen zu hüten, wie es ihn der Hausherr gelehrt hatte. Es gelang ihm und Hänsel war ein bisschen glücklich darüber. Er holte einige Holzscheite aus dem Schuppen, stellte seinen Wagen in die Scheune, öffnete eine Bierdose und kochte Chili con Carne aus der Dose. Das Große und Ganze war scheiße, aber diese paar Kleinigkeiten waren gut.

18
Der Spion kam über die Nordwestroute

Gernot Brunmayrs telefonische Anfrage, ob er schon an Informationen über das Leben der *Maurer-Gretel* herangekommen sei, beantwortete Hans-Werner Hänsel mit Rechtfertigungen und der Bitte um Verständnis. Er sei dazu nicht in der Lage. Allein die Erwähnung dieses Namens treibe ihm den Schweiß aus den Poren, und die Vorstellung, an weit entfernte Bekanntschaften anzuknüpfen oder stundenlang im Netz herumzuirren, versetze ihn in völlige Lähmung.

„Das hört sich nicht gut an. Brauchen Sie einen Arzt?“, fragte Brunmayr.

„Nein, ich brauche ein paar Tage Ruhe. Lassen Sie mir Zeit. Das Asyl, das Sie mir besorgt haben, tut mir gut. Danke noch einmal.“

„Wie Sie wollen“, sagte Brunmayr, „aber zweimal am Tag will ich Sie am Handy hören, versprechen Sie mir das?“

„Ja, klar. Bis bald.“

Wenn Hänsel als Informationsbeschaffer völlig ausfällt, dann brauche ich den Profi, dachte Gernot Brunmayr und beauftragte die Privatdetektei Rössler, Recherchen über eine gewisse Margarete Kantor, geborene Maurer, anzustellen.

„Interessant ist möglicherweise alles, vor allem alles Schlechte, suchen Sie nach dunklen Flecken: Lebenswandel, Gesundheit, finanzielle Verhältnisse, biografische Bruchstellen. Und je schneller ich das Material bekomme, umso besser, lieber Herr Rössler, aber mit absoluter Diskretion, bitte. Die Sache ist öffentlich, also heikel."

„Ich verstehe", sagte Adi Rössler, „es geht um die Sache Hänsel. Ich hab Sie neulich im Fernsehen gesehen, Herr Doktor Brunmayr. Toller Auftritt. Chapeau! Und seien Sie unbesorgt. Ich setze meine beste Mitarbeiterin darauf an."

„Frauen observieren Frauen! Sehr gut! Das gefällt mir! Sie wissen ja, Rössler, ich bin ein hoch dekorierter Feminist!"

Die Herren lachten herzlich.

Der Spion kam über die Nordwestroute. Im Sichtschutz des verschneiten Mischwalds schlich sich Dietrich an das Wutscherhäusl heran. Die Pelzhaube hatte er tief in die Stirne gezogen, den Rauledermantel hoch und fest geschlossen. Im gestern erst erworbenen Tourenrucksack steckten dicke Wollfäustlinge, eine Decke, ein Feldstecher aus Onkel Haralds Nachlass, zwei Wurstsemmeln, eine Banane und eine weihnachtliche Teemischung mit Schuss in der Thermosflasche. Dietrich wollte gerüstet sein für einen längeren Aufenthalt im Freien, denn seine erste Kontaktaufnahme mit dem

Asylanten Hänsel sollte lediglich der Beobachtung dienen.

Dietrich bestieg den durch Baumwipfel getarnten Jägerstand, der ihm vom Hirschberg aus einen instruktiven Blick auf das tiefer gelegene Wutscherhäusl eröffnete. Da unten saß er jetzt fest, der weidwund geschossene Feind, wie in einer Falle. Was er wohl gerade machte, der Unglückliche?

Hans-Werner Hänsel schlenderte durch alle Räume des Hauptgebäudes, sank da auf einen Sessel, dort auf ein Bett, stöberte in Kästen und Kommoden, fand nichts Interessantes, sah man ab von Adolf Hitlers *Mein Kampf*, einer Ausgabe aus dem Jahr 1939. Hänsel nahm sie an sich.

Im Durchgangszimmer zu einem hässlichen, vom Schimmel angegriffenen Zubau entdeckte er ein Pianino. Er wischte die Staubschicht weg, öffnete den Deckel und schlug einige Töne an. Sogar seine talentlosen Ohren hörten, dass die Saiten verstimmt waren. Hänsel erinnerte sich an seine zwei Jahre Klavierunterricht, versuchte die Melodie der *Internationale* zu rekonstruieren, schaffte zweifingerig den Refrain, scheiterte aber an den Strophen und begnügte sich mit *Hänschen klein*, in scheppernder Intonationsschräge zwar, aber immerhin mit kraftvoll eingesetzter linker Hand. Klavierunterricht war so gar nicht sein Ding gewesen. Nach zwei verdrießlichen Lehrjahren hatten ihn die Eltern davon befreit und ihm die heiß ersehnte Anmeldung zum Tennisclub auf den Geburtstagstisch gelegt.

Hänsel sah gelangweilt aus dem Fenster, prüfte die Witterung und entschloss sich zu einem Waldgang. Er kontrollierte die Glut im Kachelofen, schlüpfte in warme Kleidung, trat ins Freie, genoss das Offene dieser Lage und atmete tief ein.

Dietrich, von bald zweistündigem Ausharren auf dem Jägersitz ermüdet und so nach und nach bedrängt von winterlicher Kälte, fuhr heftig auf, als sich die Haustür öffnete. Der Feldstecher entglitt ihm, rasch kletterte er die Sprossen hinunter, ließ aber das Objekt seiner Observierung keine Sekunde aus den Augen und sah gerade noch rechtzeitig, dass Hänsel nicht den Hauptweg Richtung Dorf nahm, sondern in den Waldweg einbog, der ihn umstandslos auf den Hirschberg führen würde. In weniger als zehn Minuten würde Hänsel am Jagdstand vorbeikommen. Nervös hob Dietrich seinen Feldstecher auf, ergriff den Rucksack und fand hinter aufgeschichteten Fichtenstämmen eine sichere Deckung, aus der heraus er den vorbeiziehenden Feind im Auge behalten würde.

Hänsel, von der Bewegung angeregt und aufgehellt, sang nach Partisanenart *Avanti popolo*, schritt wacker voran, sah nicht nach links und nicht nach rechts und schon gar nicht zurück. Dietrich folgte ihm unbemerkt, teils auf dem vorgespurten Weg, teils indianerartig durch wildes Gelände. An einer

Weggabelung zögerte Hänsel, wusste nicht so recht, ob er geradeaus weiterstapfen oder rechts abbiegen sollte. Rechts, murmelte Dietrich aus sicherem Abstand, rechts, dann sind wir in einer halben Stunde wieder beim Haus. – Und siehe da, Hänsel folgte Dietrichs geheimer Weisung aus der Ferne, als hätte er ihm endlich einmal zugehört.

Es begann schon zu dämmern, als Hänsel die Haustür hinter sich schloss. Erleuchtete Fenster. Ohne Gardinen. Dietrich fühlte sich magisch angezogen, schlich zuerst im Schutz der Scheune, dann in geduckter Schützengrabenhaltung an das Küchenfenster heran. Vorsicht, Dietrich, Vorsicht, noch ist es nicht dunkel genug! Trotz tief sitzender Pelzmütze entdeckt und erkennt man dein bleiches Antlitz, wenn es allzu unbesorgt vor dem Fenster auftaucht.

Hänsel stand am Herd, öffnete eine Raviolidose – esse ich auch manchmal, dachte Dietrich – und trank Bier. Dietrich versenkte seine Gestalt unter dem Fensterbrett, bis Hänsel sein Tellerchen geleert hatte. Nichts geschah. Würde Hänsel den ganzen Abend starr in der Küche sitzen? Wohl kaum.

Um an die Rückseite des Hauses zu kommen, in den nach Süden offenen Innenhof, musste Dietrich die Ostflanke auf abschüssigem Hang bewältigen. Die Dunkelheit kam aber rasch und Dietrich konnte seine Vorsichtsmaßnahmen zurückfahren. In der selbstbewussten Haltung des Miteigentümers stolzierte er durch den Innenhof, war beinahe vergnügt, wurde aber ungeduldig, als das Stubenfenster dunkel blieb. Soll ich zum Küchenfenster zurückschleichen? Oder überhaupt abziehen?

O nein! Dietrichs Zähigkeit wurde belohnt. Licht! Licht in Bad und WC. Das Milchglasfenster behinderte allerdings die Ambitionen des frisch gebackenen Spions, dem es jetzt fast peinlich war, dass er sich Hänsel beim Pinkeln vorstellte. Dietrich schlich ganz an die Hausmauer heran. Schatten waren erkennbar, grobe Konturen, und ein Geräusch, gerade noch wahrnehmbar, verriet, dass HWH unter der Dusche stand. Dietrich starrte aufs Schemenhafte hinter dem Milchglas und erschrak über seine unbestellte Erektion. Zitternd trank er den restlichen Weihnachtstee mit Schuss, das Duschgeräusch verstummte – und dann! Licht in der Stube!

Flink wechselte Dietrich zum neuen Standort und musste, um auf Stubenfensterhöhe zu gelangen, auf ein Sonnenbänkchen steigen, hielt sich darauf trotz Vereisung wacker und blickte – auf Hans-Werner Hänsels nackten Hintern, freilich nur wenige Sekunden, denn der Mann in der Stube schlüpfte in seine Unterhose, seine Jeans, seinen Pullover. Dem Impuls, die erotische Spannung, in die er geraten war, noch vom Sonnenbänkchen aus abzuladen, widerstand Dietrich, einerseits bremste

die Abendkälte das tierische Verlangen, andererseits die Selbstachtung. Haltung, Dietrich, Haltung!

Hans-Werner Hänsel schob den Lehnsessel in die Nähe des Kachelofens, öffnete eine Bierdose, entzündete eine Zigarette und nahm ein Buch zur Hand. Dietrich fasste es nicht! Adolf Hitler: *Mein Kampf*. Opas Festausgabe aus dem Jahr 1939.

Hänsel schlug das Buch auf, las eine Seite, las eine weitere Seite – wie lange würde das so gehen? Nicht lange, Hänsel öffnete das Türchen des Kachelofens und steckte das Buch des Führers umstands- und bedenkenlos hinein. Sozialistische Bücherverbrennung! Was für ein Fanal! Verstört stieg Dietrich vom vereisten Sonnenbänkchen und beendete die Operation.

19
Kein Happy End für Hänsel und Gretel

Keine Woche war vergangen, als die Detektei Rössler schon brauchbares Material lieferte. Gernot Brunmayr war zufrieden. Für den nächsten Schritt, die optimale mediale Verarbeitung und Verbreitung, brauchte er Fredi Schulze. Fredi hatte sein erfolgreiches Online-Medium GLASKLAR rechtspopulistisch positioniert, ließ es aber nicht ins Rabiate und Sektiererische kippen und vermied parteipolitische Polemik.

Über Fredi Schulze empörte man sich hie und da, rechtlich angreifbar war er fast nie. Er vermied Fakes, das bläute er auch seinen Redakteuren ein. 1. Seriöse Recherche. Ihr müsst immer wissen, was Sache ist. Was wir damit tun, ist dann unsere Entscheidung. 2. Die Kunst des Schreibens besteht in der Inszenierung. Indem ihr Fakten zu Geschichten macht, modelliert ihr das individuelle Gesicht der Wahrheit. Gefallen muss es dem Durchschnittsleser. So machen wir Quote.

Fredi Schulze nahm das Material der Detektei Rössler entgegen, prüfte es unverzüglich und machte aus seiner Begeisterung kein Geheimnis: „Gernot, das weiß ich zu schätzen. Das ist ein Knüller. Das mache ich zur Chefsache.“

„Warum wundert mich das jetzt nicht?“, antwortete Brunmayr lachend. „Aber, Fredi, bevor die Geschichte erscheint, sehe ich sie.“

„Wenn du das so willst …“

„Das ist kein Misstrauen, Fredi. Aber die Sache ist heikel. Jeder Nebensatz kann zur Falle werden. Ich spreche als Jurist.“

„Hast du etwas dagegen, wenn ich Frau Kantor überrede, uns ein Interview zu geben?“

„Ich hab nichts dagegen, aber darauf wird sie sich nicht einlassen.“

„Da bin ich nicht so pessimistisch. Wenn ich ihr das Gefühl gebe, dass GLASKLAR auf ihrer Seite steht, wird sie meine hilfreiche Hand nicht ausschlagen. Diese Frau steht sicher unter Druck. Vielleicht bedauert sie schon, dass sie an die Öffentlichkeit gegangen ist.“

„Mach das, wie du willst, du bist der Profi.“

Kein Happy End für Hänsel und Gretel
Von Bettina Ruschko und Fredi Schulze

Kalter Wind. Schneematsch. Schmutz. Tristesse. Vielleicht liegt es ja am Februarwetter. Aber auch wenn wieder die Frühlingssonne scheint, werden in diesem grauen Mietshaus die Glücksstunden knapp bemessen sein. Hier landen Menschen, mit denen es das Leben nicht gut gemeint hat. Eine von ihnen ist Margarete „Gretel“ Kantor. Bis vor wenigen Wochen war sie noch eine Unbekannte, eine Namenlose unter vielen. Jetzt wissen diese Vielen, wer sie ist, und das scheint ihr gutzutun, denn sie ist ausgezogen, um Rache zu nehmen.

Gretel Kantor, geborene Maurer, ist die Frau, die den scheinbar unaufhaltsamen Aufstieg des sozialistischen Politikers Hans-Werner Hänsel per Me-Too-Notbremse spektakulär eingebremst hat. Ob dieser Zug jemals wieder Fahrt aufnehmen wird, bleibt abzuwarten. Denn der Vorwurf, den Gretel gegen Hänsel erhebt, ist massiv. Er soll sie vergewaltigt haben – allerdings vor mehr als zwanzig Jahren. Hänsel, der sich Hoffnungen auf den sozialistischen Parteivorsitz im Lande macht, bestreitet diese ungeheure Anschuldigung vehement. Für ihn gilt die Unschuldsvermutung.

Kehren wir zurück an den angeblichen Tatort! Blicken wir zurück in die neunziger Jahre, mitten hinein in das linke, lockere, lustige Studentenmilieu. Joints, Bier und Wodka gehörten zur alltäglichen Ernährung, unverbindliche Bettgeschichten zum Freizeitvergnügen. Und Freizeit hatte man oft, erzählt uns Gretel Kantor ganz offen, denn Vorlesungen und Seminare besuchten sie eher selten, die Genossen und Genossinnen. (Hier muss gegendert werden!) In dieser Parallelwelt fühlte sich die Genossin Gretel Maurer so richtig wohl.

Sie kommt aus gutbürgerlichem Haus, ihr Vater ist Arzt, ihre verstorbene Mutter war Lehrerin, ihr

älterer Bruder Anton war immer der Vorzeigesohn. Er wird nach einem Medizinstudium in Rekordzeit in die Fußstapfen seines Vaters treten. Gretel hingegen macht in der Schule Schwierigkeiten. Fehlstunden, Leistungsverweigerung, mehrmaliger Schulwechsel. Hätte es der Papa nicht hie und da gerichtet, wäre sie wahrscheinlich nie zur Matura gekommen.

Als Studentin der Geografie und Publizistik schließt sich Gretel der radikalen Linken an. „Ja, ich hatte auch Sympathien für Ulrike Meinhof. Sie war für uns ein Mythos", bekennt sie unverblümt. In dieser Szene lernt sie Hans-Werner Hänsel kennen. „Er war schon irgendwie beeindruckend, ein Alpha-Tier eben", erzählt uns Gretel Kantor, „aber unsere Beziehung war eigentlich rein kollegial." Eigentlich? Das Leuchten in Gretels Augen ist nicht zu übersehen.

Das Studium bleibt Nebensache, weder Hänsel noch Gretel werden es abschließen. Vor allem macht Gretel gerne Party, erlebnishungrig und abenteuerlustig. Auf einer dieser Partys, einem sogenannten „Institutsfest", soll aber die Sache aus dem Ruder gelaufen sein. Gretel Kantor erinnert sich an Annäherungsversuche des betrunkenen Hans-Werner Hänsel, gegen die sie sich halb scherzhaft gewehrt habe. Hänsel habe aber keine Ruhe gegeben und sie in einen abgelegenen Seminarraum gezogen.

Man merkt, dass es der unglücklichen Frau schwer fällt, über ihre Erinnerungen zu reden. „Hänsel hat alle Grenzen überschritten", behauptet sie. Auf unsere Frage, ob sie ihm ihre Grenzen klar genug aufgezeigt habe, antwortet sie unsicher und zögerlich: „Ich war doch in einer Schockstarre."

Plötzlich überrascht sie nicht nur uns, sondern auch sich selbst mit einem Einfall, den sie für eine zuverlässige Erinnerung hält: „Da war jemand. Da stand ein Mann im Türrahmen. Es gibt einen Zeugen für die Vergewaltigung." Wir staunen. Warum fällt ihr das erst jetzt ein? „Das hatte ich total verdrängt. Aber ich bin mir jetzt sicher." An ein Gesicht oder gar an einen Namen erinnert sich Gretel Kantor freilich nicht. Erinnerungen sind ein unsicherer Boden.

Gretel Kantors weiteres Leben verlief glücklos, privat und beruflich. Die Luftschlösser der Studienjahre lösten sich in nichts auf. Das Studium brach sie ab. Mit Gelegenheitsjobs sicherte sie das Notwendigste. „Ich hatte Ideale von Freiheit, aber irgendwie wurde daraus nichts." Ihre frühe erste Ehe mit einem Chemiker wurde schon nach zwei Jahren geschieden, das Kind aus dieser Ehe, das beim Vater aufwuchs, ist heute erwachsen und meidet den Kontakt mit der Mutter. Ähnlich glücklos verlief eine zweite Partnerschaft. „Der Alkohol ist ein gefährlicher Trost", sagt sie traurig, eine Selbsterkenntnis, die hoffentlich nicht zu spät kommt.

Auf die Frage, was sie nach so langer Zeit veranlasst habe, mit ihrer Geschichte an die Öffentlichkeit zu gehen, antwortet sie: „Ich habe ihn im Fernsehen gesehen, in seiner Macho-Eitelkeit und seiner Machtgeilheit. Als er so scheinheilig dahergeredet hat, über Frauenrechte und so, da hat es mir gereicht. Ich bin spontan zum Computer gegangen."

Was geht nun wirklich vor in dieser verbitterten, vom Leben zutiefst enttäuschten Frau? Was treibt sie an? Die Hoffnung auf Gerechtigkeit? Der Drang nach Rache? Berechtigte, begreifliche Rache für ein erlittenes Unrecht? Oder einfach nur Rache für ein verpfuschtes Leben? Und wird sich ein Hans-Werner Hänsel das gefallen lassen? Oder wird der machtbewusste HWH zum Gegenangriff übergehen? Dann könnte es für Gretel Kantor sehr ungemütlich werden. Das Ende dieser Geschichte von Hänsel und Gretel bleibt vorläufig offen und wir bleiben an ihr dran, aber eines ist jetzt schon absehbar. Ob Märchen oder Wirklichkeit, ein Happy End ist sehr unwahrscheinlich.

Gernot Brunmayr las den Text zweimal, langsam, Satz für Satz.

„Einverstanden?", fragte Fredi Schulze.

„Hm …"

„Änderungswünsche? Bedenken?"

„Nein, das ist gut, sogar ziemlich gut. Unsicher bin ich nur bei einem Absatz. Dieser mysteriöse

Zeuge, an den sie sich plötzlich erinnert, der ist neu, der irritiert mich. Sollen wir ihn wirklich erwähnen?"

„Berechtigte Frage. Ich hab auch gezögert ..."

„... aber du hast ihn dann doch reingenommen?"

„Die Sache mit dem Zeugen macht klar, wie fragwürdig ihre Aussagen sind."

Brunmayr nickte und Schulze legte nach: „Da fällt ihr plötzlich ein: *Hach, es gab ja einen Zeugen! Hatte ich ganz vergessen!* Ich bitte dich, wie glaubwürdig ist das denn!"

Brunmayr las den Absatz noch einmal. „Du hast recht", sagte er, „so kommt das rüber. Das lassen wir drinnen. Und wenn sich wider Erwarten tatsächlich ein Zeuge meldet und bestätigt, dass es eine Vergewaltigung war ..."

„... dann hat der Herr ein Problem. Das brauch ich dir nicht zu erklären, Herr Anwalt. Man wird ihn nämlich fragen, warum er einer Vergewaltigung tatenlos zugesehen hat. Wäre ich der Strafverteidiger Dr. Gernot Brunmayr, würde ich sagen: Sehen Sie das vielleicht gerne, Herr Zeuge, sexuelle Gewalt gegen Frauen?"

Brunmayr lachte. „Sag mir noch eins, Fredi, wie seid ihr denn an diese Gretel rangekommen?"

„Durch vertrauensbildende Maßnahmen: Anteilnahme heucheln, Verständnis vortäuschen, Hilfe in Aussicht stellen. Förderlich war auch, dass ich eine Redakteurin mit im Boot hatte. Frauensolidarität, du verstehst schon. Gretel ist arm und einsam, die hat keinen sozialen Hintergrund, der sie stützt …"

„… oder benutzt", ergänzte Brunmayr.

„Vielleicht auch das. Diese Gretel Kantor, die hatte einfach einen Wutanfall – und den hat sie dummerweise spontan veröffentlicht. Salto ohne Netz sozusagen. Vielleicht könnt ihr euch mit ihr finanziell einigen. Ich hab nicht den Eindruck, dass sie scharf ist auf eine Anzeige. Das ist keine Kämpferin. Kohle kann sie aber sicher brauchen. Sie lebt am Existenzminimum."

„Das wird meinem Mandanten nicht genügen."

„Weil es nicht nur ums Rechtliche geht."

„Eben. Es geht auch um seine politische Karriere."

Schulze lächelte und fixierte Brunmayr mit fragendem Blick. „Und dir, Gernot? Geht es dir auch um seine politische Karriere? Ich meine, dieser Mann hält unsereins für die irdische Legion des Teufels. Keine Kundgebung gegen rechts, an der dieser Antifa-Kasper nicht beteiligt ist."

„Ich werde dafür sorgen, dass Hänsel straffrei aus der Sache herauskommt. Das ist meine Aufgabe. Alles andere kann ich gar nicht beeinflussen. Zumindest nicht direkt. Du weißt schon, was ich meine. Das hat seine eigene Dynamik. Und je spektakulärer die Brühe aufkocht, umso schwerer wird es für Hänsel."

„Brunmayr, ich durchschaue dich. Du bist gar nicht interessiert daran, dass die Sache Hänsel und

Gretel so schnell wie möglich aus der Welt verschwindet. Du willst großes Kino. Das nützt deinem dunklen Image als Männeranwalt und irgendwie nützt es vielleicht auch unserer Partei."

„Könnte sein. Mal sehen. Eine Bitte habe ich noch, Fredi. Das Interview mit Gretel Kantor, das habt ihr sicher mitgeschnitten. Das hätte ich gerne, das ganze."

Nach dem Anhören des Interviews war Gernot Brunmayr beeindruckt. Dieser Fredi Schulze, was für ein geniales Schwein! Wie listig er die gutgläubige Gretel aufs Glatteis führt, wie naiv sie in seine Fallen tappt; und diese Bettina Ruschko ist eine sehr begabte Schülerin ihres bösen Meisters. Höre ich das Interview, denke ich: Was für eine arme Frau! So viel Pech im Leben und dann auch noch dieses bittere Erlebnis! Lese ich hingegen die Story im Netz, denke ich: Was für ein verschissenes Leben! Aber selbst schuld. Und diese Vergewaltigungsgeschichte, die sie sich da zusammenreimt, sehr unglaubwürdig ... Manipulation? Ja, sicher, aber angreifbar ist Fredi nicht. Jeder Satz seiner Story ist im Interview nachweisbar, einmal mehr, einmal weniger, aber nachweisbar. Wie sagt er immer? Die Kunst der Tendenz besteht im Inszenierungsverfahren. Das individuelle Gesicht der Wahrheit. So nennt er das. Grandios! Gäbe es einen Staatspreis für manipulativen Journalismus, Fredi Schulze wäre der Favorit.

20
Aufgeputzt wie ein Herr stand Dietrich in der Bauernstube

Die einen sagen so, die anderen so. Alle hatten GLASKLAR gelesen, aber einig wurde man sich nicht auf der Bude der Neugermanen. Bei den politisch Heißen triumphierte die Parteienhäme: Ausgerechnet der Hänsel, der Oberfeminist, der Gutmensch und Muslimversteher, ausgerechnet der! Wenn ich es einem von Herzen gönne, dann diesem selbstgerechten Kotzbrocken! – Und wenn ihr mich fragt, politisch ist er sowieso tot. – Na klar, wenn der seinen Schwengel noch einmal ins Parteipräsidium steckt, kastrieren ihn die Sozi-Weiber. Hahaha!

Genau damit hätten sie ein Problem, sagten die anderen, die parteipolitisch Lauen, die sich parteiübergreifende Sorgen machten um die Zukunft der edlen Spezies Mann. Dass Hänsel, der Edelmarxist, jetzt weg ist vom politischen Fenster, natürlich ist das gut! „Aber die Umstände, Freunde, wie er gefallen ist, das sollte uns doch zu denken geben! Versetz dich einmal in seine Lage! Irgendeine Gestörte, Frustrierte, aufs Leben so allgemein Beleidigte unterstellt dir, du hättest sie vergewaltigt. Ob das stimmt oder nicht, ist Nebensache, weil: Eine Frau ist grundsätzlich Opfer. Und Männer sind generell Schweine …“

„Genau!“

„… Und schon zieht dir die Meute der Gutmenschen die Hosen aus!“

„Apropos, seine Frau …“

„*Lebensgefährtin*, nicht *Frau*.“

„Meinetwegen, diese Serbin jedenfalls, die hat ihn angeblich rausgeworfen, dürfte ein strenges Regiment führen im Hause Hänsel.“

„Klar, alte Tito-Schule!“

„Hahaha!“

„Weiß jemand von euch, wo er untergekrochen ist?“

Auf dieses Stichwort hin wäre Dietrich, der bisher als amüsierter Zuhörer einen Randplatz in der Genusszone eingenommen hatte, gerne Richtung Mittelpunkt gerückt, mit einem dezenten Hinweis auf das Wutscherhäusl und seinen Überraschungsgast. Doch er hielt sich zurück. Was unter dem Siegel der Verschwiegenheit anvertraut wird, verbreitet sich schnell, von Ohr zu Ohr, in tausendfacher Kopie, jedes Mal wieder unter dem Siegel der Verschwiegenheit. Auch würde man ihn fragen, was denn ausgerechnet seine Familie dazu veranlasse, einem Edelmarxisten Geheimasyl zu geben. Dietrich schwieg.

Dass Gernot Brunmayr Hänsels Verteidigung übernommen hatte, war einigen ein Rätsel, aber die Wortführer der parteipolitisch Heißen sahen gerade darin eine gelungene Pointe, die Hänsels politische Wiederbelebung so gut wie unmöglich machte. Andere rühmten Brunmayrs heroischen Akt, Parteigrenzen zu überschreiten, wenn ein höheres Ziel es notwendig machte: die Verteidigung gesunder Männlichkeit. Darauf hob man letztlich die Krüge! Prost! Auf HWH! Auf die Niederlage des Politikers! Auf den Sieg des Mannes!

Seinen zweiten Einfall ins Flüchtlingslager des Feindes unternahm Dietrich nicht auf Schleichwegen und Geheimpfaden, nicht im Sichtschutz des Waldes und der hereinquellenden Nacht. Im Gegenteil! Aufgeputzt wie ein Herr stand er plötzlich in der Bauernstube, fest und stolz in bergtauglichem Qualitätsschuh, groben Wadenstrümpfen und Knickerbocker. Quer über die Brust leuchteten die Verbindungsfarben. Um die Schultern hatte er die Erb-Pelerine von Onkel Harald gelegt, den Kopf mit einem Trachtenhut bedeckt, und in der Rechten hielt er den Wanderstock aus Eiche, mit dem Onkel Heinz so gern nach Berchtesgaden hinaufgestiegen war.

Hans-Werner Hänsel, der ahnungslos aus der Küche zurückkam, erschrak ob dieser mephistophelischen Erscheinung, schrie auf und ließ die Teetasse fallen. Überraschung gelungen!

„Oje“, sagte Dietrich, „nicht erschrecken! Ich komme in friedlicher Absicht, will nur fragen, wie es unserem werten Gast so geht.“

Hänsel fixierte den Fremden misstrauisch, dachte an eine Jagdgesellschaft zur falschen Jahreszeit, einen seltsamen, aber hoffentlich harmlosen Nachbarn, allerdings auch an einen möglicherweise unberechenbaren Geistesgestörten. Der Fluchtweg ins Freie stand glücklicherweise offen.

„Wer sind Sie? Wie sind Sie hier hereingekommen? Ich hatte abgeschlossen."

Dietrich ließ zur Erklärung seinen Hausschlüssel baumeln.

„Für wen hältst du mich denn?", fragte er im Tonfall eines Quizmasters. „Für den steinernen Gast? Und warum so förmlich? Das studentische Du gilt auf Lebenszeit, zumindest in meinen Kreisen."

Studentisches Du … Da platzte in Hänsels Hirn eine Erinnerung auf: „Dietrich?"

„Bravo! Der Kandidat hat neunzig Punkte! Ja, ich bin's, Dietrich oder Diederich, wie du mich immer genannt hast, nach Diederich Heßling, dieser Witzfigur aus dem Roman deines Genossen Heinrich Mann."

„Wie kommst du hierher? Was willst du von mir?"

„Meinen Vornamen hast du erraten. Vielleicht erinnerst du dich auch an meinen Nachnamen."

Hänsel kramte in seinen Erinnerungen, fand aber nichts Brauchbares. „Tut mir leid."

„Jaja, so einen wie mich, den merkt sich ein HWH nicht, so einen Nichtswürdigen und Minderwertigen. Ach, wie schad', dass er nicht weiß, dass ich Dietrich … Dietrich P… P…"

„Pernauer!"

„Gratuliere! Der Kandidat hat jetzt hundert Punkte. Ach, wie gut, dass er jetzt weiß, dass ich Dietrich Pernauer heiß'!"

Dietrich lachte und Hänsel bemühte sich mitzulachen.

„Ein Überraschungsbesuch", sagte er, „nichts weiter. Wie geht es dem Verfolgten in unserem bescheidenen Haus? Kommst du zurecht?"

Dietrich legte Hut, Stock und Pelerine ab und warf sie über den Lehnstuhl. „Setzen wir uns doch! Du entschuldigst, wenn ich diese Einladung ausspreche, die Etikette ist nicht ganz klar, hier der Besitzer, dort der Gast auf Zeit."

„Ein seltsamer Zufall jedenfalls. Wir haben uns lange nicht gesehen", sagte Hänsel.

„Nur die Nornen kennen unser Schicksal."

„Wer?"

„Die Nornen, die germanischen Schicksalsgöttinnen. Urd, Verdandi und Skuld, Vergangenheit, Gegenwart und Zukunft. Sie leben an der Quelle Udarborn, nahe an der Weltesche, und verantworten Glück und Unglück des Menschen. So ähnlich wie die griechischen Moiren, die römischen Parzen. Kennst du die auch nicht?"

„Ich glaub nicht an Schicksal und höhere Bestimmung."

„Es geht doch nicht um Glauben, Hänsel, es geht hier bloß um ein bisschen Bildung. Früher waren Marxisten gebildete Männer. Diese Tradition setzt ihr Sozialdemokraten leider so gar nicht fort."

„Dietrich, ich bin dir und deiner Familie dankbar für diese Unterkunft, ich verstehe aber nicht, was du von mir willst. Wir haben uns seit mehr als zwanzig Jahren nicht mehr gesehen."

„Genau darüber will ich mit dir reden, Kollege Hänsel, über die gute alte Zeit, die uns jetzt einholt."

„War sie wirklich so gut? Für dich vielleicht …"

„O nein, eher für dich, denke ich. Hans-Werner Hänsel, der wortgewaltige Sonnyboy, die Stimme des Fortschritts und der Gerechtigkeit. Du hast uns alle überstrahlt. Ein erfolgreicher Charmeur warst du auch … Also, was die Maurer Gretel dir da vorwirft, …"

„… müssen wir hier nicht besprechen."

„Ich erinnere mich gut an sie, obwohl sie unauffällig war, auch unsicher, in der Studentenvertretung hätte sie nie eine Meinung vertreten, die du ihr nicht vorgekaut hast. *Ich schließe mich da der Meinung des Genossen Hänsel an …* Natürlich, wem sonst! Jaja, auch so eine kritische, linke Feministin, unsere arme Gretel."

„Dietrich, entschuldige bitte, mir ist dieses Gespräch unangenehm."

„Verstehe. Aber keine Sorge, Gernot haut dich sicher raus. Da hast du einen professionellen Emanzenfresser engagiert. Echt gute Wahl. Gratuliere! Aber weißt du, was ich mich frage: Wie sieht man denn das in deiner Partei?“

Hänsel lehnte sich seufzend zurück und verrollte die Augen.

Dietrich lächelte breit: „Nerve ich dich? Das tut mir leid.“

„Es tut dir nicht leid. Du genießt es. Leg endlich die Karten auf den Tisch! Wenn du nicht willst, dass ich hier wohne, dann sag es. Ich pack sofort meine Sachen. Ich würde es verstehen.“

„Nein, ich will nicht, dass du abreist, ganz im Gegenteil. Ich finde es aber interessant, dass du es verstehen würdest. Warum? Wir sind doch alte Bekannte, Studienkollegen, das verbindet. Dass du dein Studium nicht abgeschlossen hast, stört mich nicht. Ich habe keinen Akademikerdünkel.“

„Dietrich, lass doch dieses zynische Theater. Wir sind keine alten Freunde, die sich nach zwanzig Jahren glücklich wiedersehen.“

„Warum nicht?“

„Das weißt du.“

„Vielleicht, ich würde es aber gerne von dir hören.“

„Wir waren politische Gegner.“

„Aber doch Menschen.“

„Menschen, ja, natürlich …“

„Und das Menschliche, das Warmherzige und Gute, das habt ihr Linken doch gepachtet. Da kennt ihr euch angeblich aus wie sonst keiner. Daher frage ich jetzt dich, den Experten: War Hans-Werner Hänsel zu seinem Studienkollegen Dietrich Pernauer menschlich und gütig?“

„Was hab ich dir getan, Dietrich, was denn? Kannst du bitte konkret werden?“

„Du hast mich verhöhnt, gedemütigt und verleumdet.“

„Warum verleumdet?“

„Ich bin kein Nazi und ich war nie einer!“

„Hab ich das behauptet?“

„Ja, das hast du! Ein Korporierter wie ich war für dich ein Nazi. Du hast dir das sehr einfach gemacht. Kaum hab ich in der Institutsvertretung den Mund aufgemacht, hatte ich schon deine Nazikeule auf dem Schädel. Immerzu deine blöden Anspielungen: *Diederich, was gibt es Neues im Führerhauptquartier? Diederich bezieht seine Informationen wahrscheinlich aus dem Völkischen Beobachter.* Hahaha, das war sehr lustig für euch. Ich war allein, ihr wart drei – zwei Sozialisten, ein Kommunist.“

„Aber auch eine von den ÖVP-Leuten, so eine Blonde.“

„Die kam fast nie zur Sitzung.“

„Ja, das stimmt.“

„Weißt du, was mich besonders gekränkt hat, Hänsel. Ich hatte mich auf eine sachliche Zusammenarbeit mit dir gefreut. Ja, ich gestehe, ich habe dich über alle weltanschaulichen Grenzen hinweg ein bisschen bewundert und beneidet. Du hast alles zerstört. Keine Hörerversammlung, in der du mich nicht öffentlich gedemütigt hast. Keine Institutszeitung, in der du nicht Proben deiner Witzigkeit abgeliefert hast. Und wer war die Witzfigur? Ich! Schau her, ich hab dir etwas mitgebracht."

Dietrich zog eine alte sozialistische Studentenzeitung aus der Tasche und präsentierte die Karikatur, die einen Burschenschaftler mit Arsch anstelle eines Gesichts darstellte. Auf der Schärpe stand in altdeutscher Schrift: Diederich.

„Erinnerst du dich? Das, Hänsel, das ist dein vorbildhafter Respekt vor Andersdenkenden."

„Ich hab das nicht gezeichnet."

„Aber du hattest es als Chefredakteur zu verantworten. Wenn du heute auf deinen Wahlveranstaltungen deine Scheißphrasen von Respekt und Anerkennung hinausposaunst, dann sitze ich vor dem Fernsehapparat und hasse dich! Jeden vertrottelten Ayatollah und seinen Propheten willst du vor beleidigenden Witzen schützen. Mich nicht!"

Hans-Werner Hänsels erste Reaktion war, dem Gegner mit politischer Argumentation scharf in die Parade zu fahren. Ob jemand, der auf seine demokratische Zuverlässigkeit so übergroßen Wert lege wie er, seine weltanschauliche Heimat ausgerechnet bei Rechtspopulisten und nationalen Burschenschaften suchen müsse. Ob er leugnen wolle, dass die FPÖ keine saubere Abgrenzung gegen den Rechtsextremismus hinkriege. Dass er diese Wehleidigkeit und Weinerlichkeit der rechten Recken satt habe, die ihre Xenophobie, ihre Islamophobie, ihre Homophobie, ihre Misogynie hemmungslos breittreten, aber auf schwer gekränkt machen, wenn man ihnen einmal zeigt, wo der Hammer hängt.

Nein, dachte Hänsel, das ist sinnlos, das bringt nichts. Viel Aufwand für nichts. Ich packe jetzt meine Sachen und gehe. Grußlos. Wortlos. Soll er mich doch am Arsch lecken, dieser Hanswurst. Da sitzt er jetzt, dieser Tropf, zittert vor überstandener Wut, schwitzt, hat seinen Müll abgeladen, glotzt beleidigt ins Leere. Und während Hänsel noch dachte: *jämmerlich, nur jämmerlich*, sagte er zu seiner eigenen Überraschung:

„Willst du ein Bier?“

Dietrich nickte.

Als Hänsel mit zwei Flaschen Bier aus der Küche zurückkam, zitterten Dietrichs Hände nicht mehr und er atmete ruhiger. Schweigend starrte jeder eine Weile auf sein gefülltes Glas. Plötzlich ergriff Dietrich das seine, setzte es an und trank es mit einem Zug leer. „Germanenzug!“, sagte er und schlug mit der Faust auf den Tisch.

Augenblicklich setzte Hänsel nach, trank sein Glas gurgelnd leer, rief „Nastrovje, Genosse Nazi!“ und warf nach Russenklischee das geleerte Glas hinter sich, wo es am Kachelofen zerschellte. – Beide lachten so ausdauernd und heftig, dass Tränen über ihre Wangen liefen. Hänsel holte ein neues Glas und zwei volle Flaschen.

„Was machst du eigentlich beruflich?“, fragte Hänsel.

„Landesverwaltung. Hauptsächlich Statistik.“

„Und? Zufrieden?“

„Na ja, geht so.“

„An eine politische Laufbahn hast du nie gedacht?“

„Nur kurzfristig, während des Studiums, aber im Grunde bin ich kein sehr politischer Mensch. Ich arbeite gerne für mich allein und bevorzuge das Eindeutige und Klare.“

„Und hast du Familie?“

„Du meinst … Frau, Kinder. Nein.“

„Hat sich wohl nicht ergeben.“

„Nicht ergeben, ja, aber auch kein wirkliches Bedürfnis … Hans-Werner, ich werde aufbrechen. Und entschuldige meinen überfallsartigen Auftritt. Das war kindisch.“

Dietrich stand vom Tisch auf, nahm Pelerine und Hut an sich und ging in den Flur hinaus. Hänsel begleitete ihn bis zur Haustür.

„Dietrich, mir tut das leid.“

„Was denn?“

„Diese böse Karikatur und auch, wie ich damals mit dir umgegangen bin. Mir war das nicht bewusst. Wir waren jung und ideologisch etwas überdreht. Heute sehe ich manches anders."

„Jugend wird ja oft überschätzt", sagte Dietrich.

„Du hast natürlich recht. Als Burschenschaftler hattest du bei mir den dunkelbraunen Stempel, von Anfang an, und in deinem Fall war das wahrscheinlich ungerecht. Wie gesagt, es tut mir leid. Ich hab vorhin verstanden, wie tief das sitzt bei dir, und ich hoffe, wir können das mit meiner ehrlichen Entschuldigung begraben."

Dietrich nickte, ergriff kurz und fest Hänsels ausgestreckte Hand und wandte sich verlegen ab.

21
Waffenhilfe für Gretel kam von unerwarteter Instanz

In den ersten Tagen war der Ethik-Deckel noch auf dem journalistischen Topf geblieben. Die Berichte waren tatsächlich Berichte, eher kurz, faktentreu im Wesentlichen, zurückhaltend im Urteil. Man wartete ab, recherchierte dort und da, lauerte aber. Unerwartet früh hatte GLASKLAR die Kochtemperatur erhöht. *Kein Happy End für Hänsel und Gretel. Von Fredi Schulze und Bettina Ruschko.* Das genügte.

Der Deckel flog vom Topf. Die Brühe spritzte zuerst in alle Richtungen, insbesondere in den Netzwerken, die man die sozialen nennt. Bald sammelte sich aber Rat und Unrat in zwei Hauptströmen, nicht so sehr in Pro-Hänsel versus Contra-Hänsel, denn niemand, nicht einmal Schulze, wollte sich die Schreibhand verbrennen, indem er Partei für einen potenziellen Gewalttäter ergriff, schon gar nicht für einen wie Hänsel.

„Der Feind meines Feindes muss nicht unbedingt mein Freund sein“, sagte Fredi Schulze, „*MeToo* finde ich scheußlich, aber nicht alle Männer, die von *MeToo* abgeschossen werden, sind deshalb meine Freunde.“

Etwas deutlicher zeigten sich die Profile Pro-Gretel und Contra-Gretel. Auf der einen Seite formierten sich zweifelnde Stimmen, nicht nur männliche, die Bedenken gegen die Zuverlässigkeit von Margarete Kantor riskierten, ihren offensichtlich doch sehr labilen Gemütszustand fokussierten, teils empathisch-halbverlogen, teils offensiv diagnostisch. Von der anderen Seite hörte man Bedenkenswertes über eine mutige Frau, die es nach zwanzig Jahren wagt, endlich offen über erlittene Gewalt zu sprechen, über das Unrecht, das man ihr angetan hat. Trotzdem gilt leider immer noch die Unschuldsvermutung.

„Diese Gretel Kantor muss man schützen", sagte Martha Voglgruber zu ihrem Vater, „auch vor sich selbst. So einem gerissenen Arschloch wie Fredi Schulze darf sie nicht mehr in die Falle gehen. Weißt du was, ich mach was für sie."

Das viereckige Netz zum Schutz und zur Sicherheit von Margarete Kantor knüpfte Martha rasch und professionell. Frauenberatungsstelle, Psychotherapeutin, Rechtsschutz, Medien des Vertrauens. Margarete, die nach der GLASKLAR-Misere in die schwärzeste Depression ihres Lebens gestürzt war, erlebte die angebotene Hilfe wie eine von höherer Barmherzigkeit herabgereichte Hand.

Überraschende Waffenhilfe für Gretel Kantor kam von unerwarteter Instanz. Astrid Hänsel-Moll, Hans-Werners erste Ehefrau, machte aus ihrem verletzten Herzen keine Mördergrube und vertraute einer feministischen Plattform weithin lesbar an, dass ihre Ehe mit HWH ein Fiasko gewesen sei. Das Männerbild, das sie mit energischem Strich skizzierte, erklärte den Typus narzisstischer Macho am lebenden Beispiel HWH. Sie schilderte, wie naiv sie auf seinen oberflächlichen Charme hereingefallen war, auf sein Schatzkästchen der schönsten Komplimente in deutscher Sprache. In jugendlicher Naivität habe sie sich gefühlt wie auf Händen getragen. Jeder Wunsch, so sei es ihr anfangs erschienen, werde ihr von den Augen abgelesen. Als aber ihre Wünsche – alles andere als unbescheiden – die langweiligen Niederungen des Alltags betroffen hätten, Kinder und Küche, Schmutzwäsche und Bodenreinigung, sei es HWH schnell zu eng geworden. Er habe das Weite gesucht, in zahllosen Parteisitzungen und Strategiebesprechungen, Redaktionskonferenzen und Wochenendklausuren. Halbe-halbe, das sei nur der nützliche Slogan für Wahlreden eines Salonfeministen gewesen, aber nicht die Maxime einer gelebten Partnerschaft. Die Sache der Frauen, für die sich ein HWH angeblich interessiert, sei vor allem ihr Körper. Angehimmelt werden, um möglichst bald in einem Himmelbett zu landen, das sei Hänsels politische Strategie. Gewaltbereitschaft würde sie ihm zwar nicht unterstellen, aber Zurückweisung durch eine Frau, die er begehrt, vertrage er sicher schlecht. Unter dem Tarnmantel der Flüchtlingshilfe und Xenophilie habe er sein gutes Herz für die Schönheiten Südosteuropas geöffnet, und bei einer dieser erwählten Schutzbefohlenen sei er ja dann auch geblieben. Ob diese Frau glücklich geworden ist mit HWH, wage sie zu bezweifeln.

Hänsel saß in der warmen Stube des Wutscherhäusls, las Astrids Pamphlet, las es noch einmal, wusste jetzt, wie sich eine verletzte Frau rächt, und brauchte ein Vormittagsbier. *Wacht auf, Verdammte dieser Erde*, sang sein Handy.

„Hallo, Papa, ich, Viktor, wie geht es dir denn?

„Die schöne Version oder die wahre?"

„Die wahre natürlich."

„Scheiße. Scheiße. Scheiße."

„Hast du schon gelesen, was Mama geschrieben hat?"

„Ja, hab ich."

„Und?"

„Sag du es mir. War's wirklich so furchtbar mit mir?"

„Für mich nicht, aber um mich geht's nicht und mich fragt auch keiner."

„Sie will mich vernichten."

„Ich weiß nicht, ob ihr das bewusst ist."

„Bitte, Viktor, deine Mutter ist schwierig, aber sie ist nicht dumm."

„Ich hab ihr gesagt, dass ich das nicht okay finde von ihr. Sie verteidigt sich zwar, ausgleichende Gerechtigkeit und so, aber ich hab den Eindruck, es tut ihr mittlerweile leid. Da ist irgendetwas durchgegangen mit ihr."

„Mag sein, aber an der Katastrophe ändert das nichts mehr."

„Ich wollte dir sagen, dass ich für dich da bin, wenn du etwas brauchst, und dass ich nicht glaube, was dir diese Frau vorwirft."

„Das ist sehr lieb von dir, Viktor. Danke. Das tut mir wirklich gut. Du ahnst nicht, wie schnell man sogenannte Freunde verliert."

„Und Romana? Ich höre nur Gerüchte, die hören sich aber nicht gut an."

„Sie kommt nicht zurecht mit meiner Misere, und daheim im Dauerstreit zu leben, das brauch ich jetzt wirklich nicht."

„Wo bist du überhaupt?"

„Auf einem abgelegenen Hof. Er gehört Bekannten, die ihn derzeit nicht bewohnen. Dieser Rückzug in den Wald tut mir gut. Ich werde hier noch eine Weile bleiben."

„Also, wie gesagt, Papa, wenn du mich brauchst, Anruf genügt."

Der Beginn einer wunderbaren Freundschaft ist es nicht, dachte Dietrich, aber das Ende einer wurmstichigen Feindschaft schon. Wie ein Terror-Schläfer hatte sich der Hass des Gekränkten jahrelang in seinem Innersten gehalten, war jäh erwacht, in den Kampf gezogen, aber plötzlich, begleitet vom

Narrentoast „Nastrovje, Genosse Nazi!“ am Kachelofen zerschellt und in schallendem Gelächter untergegangen.

Akribisch beobachtete Dietrich den gedrängten Lauf der Ereignisse, konstatierte, dass Margarete Kantor nicht mehr schutzlos auf der Öffentlichkeitsklippe taumelte, auf die sie so ahnungslos gestiegen war, und las nun, nahe der Fassungslosigkeit, das böse Pamphlet von Astrid Moll. Hänsels Liste der verletzten Seelen und Körper wurde länger: Dietrich selbst, Gretel, nun auch diese Astrid. Und das war einmal Liebe, murmelte er. O Dietrich, Dietrich, du kennst sie, die Scham und die Wut des Armen, den der Liebesverrat trifft. Der schlimme Schorsch hat dir diese Erfahrung beschert, aber nie und nimmer hättest du den glücklos geliebten Verräter so geifernd an den Pranger genagelt.

Dietrich fiel auf, dass mit wachsender Verzweigung der Hänsel-und-Gretel-Diskussion der unbekannte Zeuge, an den sich Margarete Kantor erinnerte, stetig ans Zentrum des Interesses heranrückte. Gab es diesen Zeugen wirklich? Und wenn ja, wer war er?

Vor einigen Tagen, dachte Dietrich, als der Hänsel-Hass noch in meinem Herzen hauste, da hätte ich vielleicht die Kühnheit aufgebracht, aufzustehen und laut zu rufen: Hier bin ich! Dietrich Pernauer mein Name, ich bin der Zeuge, den ihr sucht, und ich bestätige, dass Hans-Werner Hänsel der Margarete Kantor, vormaliger Maurer, Gewalt angetan hat. Aber die Verhältnisse haben sich verschoben, meine Vorstellungs- und Willenswelt ist eine andere geworden.

Dietrich hatte plötzlich eine Idee, die ihn erheiterte. Gleich morgen würde er sie ins Wutscherhäusl tragen.

22
Jeder, der eine Familie hat, könnte einen Roman schreiben

Diesmal schlich er nicht als heimtückischer Spion durch den winterlichen Hochwald, stellte sich auch nicht als hochmütiger Herr in die Stubenmitte, sondern klopfte am späten Vormittag moderat an die Haustür des Wutscherhäusls: „Hans-Werner! Ich bin's, Dietrich! Hans-Werner?“

Die Anmeldung blieb unbeantwortet, Dietrich drückte den Türgriff nach unten, das Haus war nicht versperrt, er trat ein und rief ein drittes Mal: „Hans-Werner?“

Wie es schien, machte sich der Angesprochene im Oberstock zu schaffen, denn aus einer der hinteren Kammern kam schwach hörbar die Antwort: „Wer ist hier?“

„Ich bin hier! Dietrich!“

„Ah, Dietrich, ich komme gleich!“

Hänsel stolperte mehr die Treppenstufen hinunter, als mit ruhig festem Schritt auf ihnen zu gehen. Er gab sich zwar freudig überrascht, wirkte aber ein wenig verlegen, als wäre er soeben bei einer Unregelmäßigkeit ertappt worden.

„O, ich störe“, sagte Dietrich, vermutete Damenbesuch in den oberen Gemächern, wandte daher Blick und Zeigefinger nach oben und flüsterte mit dem Lächeln des verbündeten Mitwissers: „Ich komme später wieder, oder morgen, ganz wie du willst."

„Nein, bleib bitte, kein Problem."

„Falls du Besuch hast, meine ich …"

„Nein, hab ich nicht. Es ist nicht, wonach es wahrscheinlich aussieht."

Hänsel entspannte sich, seine Heiterkeit wusste Dietrich nicht zu deuten.

„Es ist ein amüsanter Zufall, dass du ausgerechnet jetzt erscheinst. Offen gesagt, ich war gerade dabei, tiefer in die Geheimnisse dieses Hauses einzudringen."

„Ach, interessant", sagte Dietrich, „vielleicht kann ich dir dabei helfen, oder …" – er lachte – „… das Schlimmste gerade noch verhindern. Leichen liegen nicht immer nur im Keller, manche findet man auch im Obergeschoß."

„Zu allen Zimmern hab ich Zugang", sagte Hänsel, „nur zu einem nicht."

„Das ist oft so in Gruselgeschichten."

„Eben. Eine Tür ist versperrt."

„Welche?"

„Die Tapetentür im Musikzimmer. Wo führt sie hin?"

„In die Mansarde des Zubaus."

„Und sie ist versperrt."

Dietrich lächelte. „Ich kann dich in das düstere Geheimnis einweihen. Komm mit."

Er ging in die Stube, hob ein silbernes Kästchen aus der schweren Holztruhe, öffnete es mit einem Schlüsselchen von seinem eigenen Bund, entnahm ihm einen gewöhnlichen Schlüssel, wie er für Türen innerhalb eines Hauses gebräuchlich war, und hielt diesen bedeutungsvoll vor Hänsels Augen.

Dietrich stieg mit dem Gast ins Obergeschoß hinauf, sie durchquerten das Musikzimmer, Dietrich schloss die Tapetentür auf und sagte mit einladender Geste: „Trittst du hier ein, lass alle Hoffnung fahren."

Ein großer Mansardenraum, dachbodenartig, muffig, modrig, staubig, lichtarm – und leer.

„Was hast du denn erwartet?", fragte Dietrich. „Eine Hakenkreuzfahne? Göring in Öl? Den Nibelungenhort aus dem Toplitz-See? Ein Waffenlager? Oder nur eine Festausgabe von *Mein Kampf*? So eine gibt es tatsächlich im Haus, sie wird aber nicht versteckt. Hast du sie schon gesehen?"

„Nein", sagte Hänsel und prüfte den Schimmelbefall an der Wand. Dietrich lächelte die Lüge weg.

„An den Wänden macht sich Schimmel breit, Dach und Fenster sind nicht dicht, im Fußboden arbeitet emsig der Holzwurm. Was du hier siehst, lieber Hans-Werner, das ist der Anfang vom Ende des Wutscherhäusls. Deshalb ist der Raum versperrt. Mein Großvater und sein Bruder Heinz haben in den Sechzigern den Zubau errichten lassen, natürlich im Pfusch. Billig, schlampig, unseriös.

Herkunftsstolz, Selbstbewusstsein und Zukunftsblick der Familie sollte dieses Haus repräsentieren, und das ist das Ergebnis: Niedergang und Verfall."

Dietrich versperrte die Tür zum Zubau. Sie gingen ins Erdgeschoß zurück.

„Man müsste alles von Grund auf sanieren, auch das Haupthaus, wie du siehst. Alle wissen es, aber niemand macht es. Mein Bruder Joachim und ich möchten verkaufen, aber die Besitzerin ist unsere Mutter. Sie hängt an diesem Haus, mehr noch an seiner Vergangenheit."

In der Küche tranken sie Kaffee. Dietrich erzählte von seiner Familie, von Joachim, der ins Ministerium drängte, vielleicht auch in eine politische Funktion, aber die Ochsentour durch Parteigremien und Bierzelte scheue er, daher versuche er, sich als Rechtsberater für die Parteispitze zu profilieren. Ideologisch sei Joachim eigentlich nicht, eher egomanisch. Von Reinhard erzählte er, diesem Versager, der in den ersten zwanzig Jahren seines Boheme-Daseins sein Erbe verschleudert hat und jetzt auf die Nächstenliebe seiner katholischen Freundin angewiesen ist; auch von der oft unglücklichen und stets überforderten Mutter Hildegard; zuletzt von Reingard, ihrer Schönheit, ihrem Narzissmus, ihrer Anziehungskraft auf wohlhabende, alte Männer, auch von ihrer osmanischen Inkarnation, über die Dietrich gemeinsam mit Hänsel ausgiebig lachte.

Zuletzt kam er noch einmal auf das Wutscherhäusl zu sprechen, wie es in den Besitz der Familie gekommen war, wie es in pathetischen Festreden zum Sippensymbol erklärt worden war, von Onkel Heinz, von Opa, von Vati – und wie schal und verlogen sich dieses Gerede heute aus dem Mund von Joachim anhörte in Anbetracht des desolaten Zustands.

„Trotzdem, Dietrich, du hast drei Geschwister, ich hab weder Bruder noch Schwester, das ist mir in den letzten Wochen schmerzlich bewusst geworden."

„Genau genommen habe ich vier Geschwister", sagte Dietrich und erzählte auch von Hannelore, ihrem radikalen Bruch mit der Familie, ihrer langen Abwesenheit.

Ob er denn gar nichts von Hannelores weiterem Leben wisse, fragte Hänsel.

„Wenig. Sie hat Medizin studiert und lebt in den USA. Mutti weiß mehr, glaube ich, aber sie spricht nicht darüber. Und wir sprechen auch nicht darüber. Es gibt nämlich Indizien ..." – Dietrich senkte verschwörerisch die Stimme, als hätten sie sich vor unerwünschten Zuhörern zu hüten – „... es gibt starke Indizien, dass Hannelore in New York mit einem jüdischen Geschäftsmann verheiratet ist."

„Das ist stark!“, sagte Hänsel. „Großartig! Mensch, Dietrich, du kannst einen Roman schreiben.“

„Jeder, der eine Familie hat, kann einen Roman schreiben“, entgegnete Dietrich, „exakt gesagt: *Könnte*! *Könnte* einen Roman schreiben, denn Dichten ist bekanntlich eine Kunst, die nicht jeder kann.“

„Jeder ist ein Künstler, sagt Joseph Beuys.“

„Ja, das gefällt euch Sozialisten! Alle sind gleich! Zumindest dann, wenn alle in eine Gesamtschule gegangen sind. Aber das Leben lehrt uns etwas ganz anderes, lieber Hänsel! Und dieser Joseph Beuys war gar kein Sozialist, sondern ein rechter Anthroposoph. Rudolf Steiner, nicht Karl Marx …“

„Ach, komm, Dietrich, lassen wir doch das Politische.“

„Ja, lassen wir es. Deshalb bin ich nicht da.“

„Sondern?“

„Weil ich eine Idee habe, die dir gefallen könnte.“

„Aha, ich höre.“

Dietrich atmete tief durch und setzte ein schalkhaftes Komplizenlächeln auf: „Dieser Zeuge, dieser angebliche Zeuge … Du weißt, was ich meine …“

„Der Zeuge, den Gretel erwähnt hat.“

„Genau der! Es wäre doch möglich, dass ein gewisser Dietrich Pernauer dieser Zeuge ist. Ich habe fast alle Institutsfeste besucht, mit hoher Wahrscheinlichkeit auch das bewusste.“

„Worauf willst du hinaus?“

Dietrich erhob sich forsch, verschränkte die Hände auf dem Rücken, schritt in der Stube hin und her und referierte wie ein höherer Hofbeamter, der soeben zum Diktat gerufen hat.

„Ich, Magister Dietrich Pernauer, gebe zu Protokoll, dass ich bei dem von Margarete Kantor erwähnten Institutsfest anwesend war und zufällig Zeuge des von Frau Kantor angeführten Vorfalls wurde. Wie bei studentischen Festen üblich, wurde auch bei diesem reichlich Alkohol getrunken. Es wurde getanzt und geflirtet. Erotische Annäherungen zwischen Festgästen waren nichts Außergewöhnliches. Da ich Hans-Werner Hänsel und Margarete Kantor, damals noch Maurer, aus der Institutsvertretung kannte, fiel mir auf, dass sie sich im Laufe des Abends näherkamen und während des Tanzens mehrmals küssten. ‚Hänsel und Gretel', sagte ich noch scherzhaft zu einem Kollegen, ‚im Märchen wäre das Inzest'. Gegen Mitternacht suchte ich die Toilette am Ende des Gangs auf und kam auf diesem Weg an einem Seminarraum vorbei, dessen Tür offen stand. Ich hörte ungewöhnliche Geräusche und Laute, dachte an einen Kommilitonen, dem der Alkoholübergenuss übel zugesetzt hatte, oder an ein verirrtes Tier, das durch ein nicht verschlossenes Fenster eingedrungen war. Vorsichtig steckte ich meinen Kopf durch den Türrahmen und machte Licht. Da sah ich in eindeutiger Situation, auf dem Boden liegend, Margarete Kantor und Hans-Werner Hänsel. Beide waren nur teilweise bekleidet. Ich war peinlich berührt, sagte ‚Pardon', löschte das Licht und zog mich zurück. Dass es zwischen Frau Kantor und Herrn Hänsel zu geschlechtlichen Handlungen gekommen ist, halte ich für sehr wahrscheinlich. Dass Gewalt angewandt worden wäre, darauf gab es für mich nicht den geringsten Hinweis. Sonst wäre ich ja eingeschritten."

Dietrich setzte sich, lehnte sich lächelnd zurück und legte die schmalen Hände auf sein Bäuchlein wie ein zufriedener Gast nach genossener Mahlzeit. Hänsel schwieg lange, starrte den rätselhaften Besucher an wie aus fremden Augen und irrte durch sein eigenes Gefühlsquadrat: tückische Verlockung, hämische Komplizenschaft, grelle Abscheu, dunkle Furcht. Wer war dieser Mann? Was wollte er wirklich? Welche Macht trieb ihn an? Welchen Preis würde er fordern? Es fiel ihm schwer, Dietrich als Altruisten zu denken, noch weniger als Freund. Der macht doch nicht um Gottes Lohn, was mir und meinesgleichen nützt …

„Du würdest das tatsächlich für mich tun?", fragte Hänsel. „Aber doch nicht ohne Gegenleistung. Was erwartest du von mir?"

„Nichts Übermenschliches. Ich bin … ein Freund und helfe gern. So wären wir auf immer verbunden."

„Das kommt unerwartet, Dietrich, du nimmst es mir hoffentlich nicht übel, wenn ich dich um Bedenkzeit bitte."

„Gar nicht. Denk in Ruhe darüber nach. Es ist ein Angebot, nicht mehr, nicht weniger."

„Ich muss zugeben, diese Erzählung des Zeugen, die du mir vorgetragen hast, schlecht ist die nicht."

„Vielleicht habe ich doch das Zeug zum Dichter."

Dietrich verabschiedete sich, stieg in seinen Wagen und fuhr den holprigen Forstweg hügelan. Hänsel schaute ihm nach und starrte minutenlang in die dunkle Höhle, in der das Wagenheck verschwunden war. Dietrichs Erzählung hatte etwas angestoßen in seiner Erinnerung. Dort und da hellte die Vergangenheit auf. Gretel und ich, an diesem feuchtfröhlichen Abend, in dieser trunkenen Nacht, doch, da war etwas, aber keine Gewalt … Es könnte tatsächlich so sein, wie Dietrich eben erzählt hat, möglicherweise war es so, vielleicht war das die Wahrheit.

23
Das war ein Volltreffer aus Rebekkas pazifistischem Geschoß

Hildegard Pernauer lief Gefahr, in Kummer, Gram und Sorge unterzugehen. Sie aß wenig, seufzte viel, heulte oft, schlief selten. Und wenn sie schlief, sah sie in bösen Träumen, wie die Mauern des Wutscherhäusls über den Köpfen der Familienmitglieder einstürzten. Niemand konnte Hildegards drohenden Zusammenbruch übersehen, aber nur Rebekka schaute nicht gleich wieder weg, hielt ihrer nicht legitimierten Schwiegermutter fast täglich die Hand, sprach Tröstliches und ermunterte auch Reinhard und seine Geschwister zu liebevolleren Bemühungen: „Sie ist doch eure Mutter!"

Therapeutische oder psychiatrische Hilfe wies Hildegard entrüstet zurück: „Ich bin doch nicht verrückt! Wollt ihr mich ins Irrenhaus sperren? Rettet das Wutscherhäusl, und alles ist gut."

Rebekkas Vorsprache bei Joachim und Birgit blieb im Ton freundlich, aber in der Sache hart.

„Natürlich kann ich ihr helfen", sagte Joachim, „ich kümmere mich um den Verkauf zu einem akzeptablen Preis. Dann ist Mutti die Sorgen los."

„Genau das will sie eben nicht. Dieses Haus ist für sie viel mehr als ein Haus. Sie identifiziert es mit der Familie. Es hat einen ganz hohen Gefühlswert."

„Das ist irrationaler Unsinn, dem ich sicher nicht Vorschub leisten werde. Dein menschliches Engagement in Ehren, Rebekka, aber Mutti soll endlich Vernunft annehmen. Wir müssen sie fordern. Sie ist ja nicht dement."

Reingard, mittlerweile heimgekehrt von den Philippinen, stellte zwar in Aussicht, heilende mentale Kräfte zu schicken, Rebekkas karitative Aktion *Retten wir für Hildegard das Wutscherhäusl!* wies sie aber kategorisch zurück.

„Mir brauchst du das alles nicht zu erklären", sagte sie, „ich habe schon klar deponiert, dass ich das Wutscherhäusl für ein Familienjuwel halte und dass ich bereit bin, es zu übernehmen, aber nicht in diesem Zustand. Dietrich soll es endlich sanieren lassen."

„Dietrich allein kann es nicht sanieren lassen."

„Dietrich hat genug Vermögen. Er besitzt eine große Wohnung in bester Lage!"

„Das schon, Reingard, aber du bist auch Hausbesitzerin."

„Mein Haus ist ein Geschenk von Waldemar! Wollt ihr mir das Letzte nehmen, das mir von ihm geblieben ist? Dann könnt ihr mir gleich das Herz aus dem Leib reißen!"

Also doch Dietrich? Abermals stand Rebekka vor seiner Tür. „Können wir reden?"

Ja, reden konnten sie, aber das änderte die Verhältnisse nicht. Dietrich weigerte sich, über den

Verkauf seiner Wohnung auch nur eine Sekunde nachzudenken. Sollte diese Gralsruine doch der Teufel holen!

„So hart und herrisch habe ich Dietrich noch nie erlebt“, sagte Rebekka, als sie Reinhard von ihren Gesprächen mit seinen Geschwistern erzählte. „Er wirkt irgendwie verändert. Selbstbewusster, männlicher. Nicht mehr so verletzlich und antriebsschwach. Er trägt jetzt Oberlippenbart.“

„Furchtbar“, murmelte Reinhard.

„Was ist furchtbar?“

„Diese Vorstellung: Dietrich mit Oberlippenbart. Das passt doch nicht zu ihm. Vielleicht ist er frisch verliebt.“

„Eine Frau?“

„Ach, komm, du weißt doch, dass Dietrich schwul ist, aber darüber darf man nicht reden, weil es in der gesunden, rassereinen Nazifamilie Pernauer keinen Homosexuellen geben kann. Naturgesetz.“

Reinhard interpretierte Muttis Krise als kluge List des Lebens, die Hildegard zu Beweglichkeit und Veränderung zwinge, eine Engstelle, die erweitert. Hildegards größte Schwäche sei es immer schon gewesen, stur am Alten, scheinbar Bewährten, aber tatsächlich Verbrauchten festzuhalten. Das mache naturgemäß krank, denn das Leben fließt. Es ist aussichtslos und selbstschädigend, sich gegen den Strom des Wandels zu stellen. Glücklich ist, wer sich von ihm treiben lässt. Stirb und werde! Wenn du das nicht hast, bist du nur ein trüber Gast auf der dunklen Erde, sagte schon Goethe. Und der war kein Trottel.

„Ach, Reinhard, das wird sie nicht mehr schaffen in ihrem Alter. Wir können doch nicht zusehen, wie sie jämmerlich zugrunde geht."

„Wem nicht zu raten ist, ist nicht zu helfen."

„Sag das nicht! So hart bist du doch nicht. Deine Mutter war immer für dich da, Reinhard. Willst du ihr nicht ein bisschen was zurückgeben?"

„Wie denn, Rebekka? Hab ich Geld? Nein! Bin ich ein Maurer, Dachdecker, Installateur, Elektriker? Nein! Ich kann die Ruine nicht sanieren, selbst wenn ich es wollte. Rebekka, du weißt, ich bin kein brutaler Darwinist. Aber weißt du, was dir fehlt? Ein bisschen mehr gesunde Natur. Ein bisschen Nietzsche. Ein bisschen Lebenstanz und Übermensch. Wir sind Kinder dieser Erde."

„Als Jesus einmal gefragt wurde …"

„Nein, bitte nicht! Bitte nicht schon wieder!"

„Mich macht das so traurig, Reinhard. Vier Kinder und keines hilft der Mutter."

„Das ist doch Unsinn. Alle helfen ihr, aber sie nimmt die Hilfe nicht an. Du und ich, wir haben ihr eine sehr gute Therapeutin vermittelt. Mutti lehnt ab. Joachim und Dietrich bieten ihr an, das Haus zu verkaufen. Mutti lehnt ab. Mutti will nämlich nur eins, das Pernauer'sche Sippenheil im

Wutscherhäusl – aber dieses Eine gibt es nicht, das ist eine faschistische Schimäre aus grauer Vorzeit. Außerdem – nicht vier, sondern fünf."

„Was?"

„Mutti hat nicht vier Kinder, sondern fünf. Du hast Hannelore vergessen."

Hannelore – natürlich, die gibt es ja auch noch! In Rebekkas Hirn blitzte es. Hannelore – mit diesem Namen kam ein neuer Gedanke in die Welt, vorerst nur als zarte Hoffnung. Aber einen Versuch war es vielleicht wert.

„Hannelore", sagte Rebekka, als murmelte sie eine Zauberformel, „die ist doch wohlhabend."

„Hannelore ist nicht nur wohlhabend, Hannelore ist reich, sehr reich, glaube ich, aber erwarte dir nichts, Rebekka, du weißt ja, Hannelore hasst ihre Nazifamilie."

„Wisst ihr das so sicher? Die Zeit heilt oft Wunden. Lass es uns versuchen."

„Ohne mich!"

Aus Rebekkas Helfer-Hirn verschwand sie nicht mehr, diese lichte Hannelore-hilft-Vision. Zwei Tage später saß sie an Hildegards Küchentisch und sagte: „Wir schreiben jetzt an Hannelore, wir bitten sie um Hilfe."

„Ach, das ist aussichtslos. Hannelore hat sich von uns losgesagt. Ein für allemal."

„Das wissen wir erst, wenn wir es versucht haben. Du hast doch Kontakt mit ihr."

„Ja, das schon, von Zeit zu Zeit."

„Und jetzt ist es hoch an der Zeit. Hast du eine Mailadresse?"

„Nein, ich hab doch nicht einmal einen Computer. Eine Anschrift hab ich. New York …"

Zwei Stunden schrieben sie zu zweit, formulierten, korrigierten, verwarfen, formulierten neu, treffender, zwingender, einmal sachlicher, einmal gefühlvoller, schilderten den Zustand des Hauses und den des Herzens, Hildegards Kummer, Gram und Sorge – und abschließend: Hannelore, du bist jetzt meine letzte Hoffnung.

Nach zehn Tagen traf eine Antwort ein, mit der keiner gerechnet hatte: ausführlich, verständnisvoll, beruhigend, Unterstützung zwar nicht zusichernd, aber nicht von vornherein ausschließend. Das war ein Volltreffer aus Rebekkas pazifistischem Geschoß: Glaube, Liebe, Hoffnung. Und Hildegard weinte vor Glück. Denn Hannelore kündigte ihren Besuch an. Die Familie war in Aufruhr und traf Vorbereitungen.

24
Diederich, wir schlagen die politische Mensur!

Nach Dietrichs Abfahrt hügelan, hinein in den dunklen Hirschberg-Forst, war Hans-Werner Hänsel in höchster Spannung zurückgeblieben. In dieser Weise aufgeladen hatte er den sonnigen Nachmittag mit einem mehrstündigen Waldgang zugebracht, immerzu beschäftigt mit den süßen Lockrufen des gefährlichen Flohs, den Dietrich ihm ins Ohr gesetzt hatte: *Ich, Magister Dietrich Pernauer, gebe zu Protokoll, dass ich bei dem von Margarete Kantor erwähnten Institutsfest anwesend war und zufällig Zeuge des von Frau Kantor angeführten Vorfalls wurde …*

Jetzt, in der Dämmerung des späten Nachmittags, kam der Hunger, Hänsel briet ein Omelette aus drei Eiern, trank Bier, rauchte und öffnete die Rotweinflasche, die Dietrich ihm mitgebracht hatte. Der erste Schluck war ambitioniert und zeigte Wirkungstiefe.
Hänsel suchte Ablenkung vom frivolen Rettungspaket, das dieser Kauz ihm angeboten hatte. Er öffnete den Laptop, aber weder Psychothriller noch karibische Abenteuer konnten die dröhnende Präsenz von Dietrichs Zeugenaussage toppen.

Hänsel versuchte etwas anderes, rief Romana an, erkundigte sich nach dem Befinden der Töchter, hörte erleichtert, dass die Mobbingattacken, denen Mira und Alma in den letzten Tagen ausgesetzt gewesen waren, aufgehört hatten. Die Lehrer hätten klug interveniert, sagte Romana, *Hänselei* sei aber in Miras Schule ein stehender Begriff mit neuer Bedeutungsvariante geworden. Apropos, ob es in seiner unappetitlichen *Hänselei* etwas Neues gäbe, fragte sie trocken, nach seinem Befinden fragte sie nicht.

Dass ausgerechnet Romana ihn behandelte, als wäre er schon schuldig gesprochen, kränkte ihn am meisten, mehr, viel mehr als das bösartige Nachtreten von Astrid. Dass er für seine erste Frau eine herbe Enttäuschung war – ex post verstand er es, die sorglose Unreife seiner frühen Jahre taxierte er halbwegs kritisch. Dass aber nach so vielen Jahren Versöhnung immer noch nicht möglich war, das verstand er nicht. Dass er sich geändert hatte, dass er für Romana ein guter, verlässlicher Partner war, der auch seine Vaterpflichten ernst nahm, konnte Astrid nicht verborgen geblieben sein. Andererseits – davon hatte sie nichts. Und vielleicht war sogar das der Grund ihrer Aggression. Romana bekam, was Astrid vermisst hatte. Wäre ich nach wie vor ein unverbesserlicher Macho, würde auch meine zweite Ehe den Bach runtergehen, wäre Astrid bestätigt. Sie hätte ihre Genugtuung und ich meine Ruhe.

Soll ich Brunmayr anrufen?, überlegte Hänsel, soll ich ihm von Dietrichs Angebot erzählen? Seine Meinung einholen, seinen Rat? Oder steckte Gernot Brunmayr selbst hinter dieser hinterhältigen Zeugenkonstruktion? Hänsels letztes Telefonat mit seinem Anwalt lag schon einige Tage zurück. Warten wir ab, hatte Brunmayr gesagt, wir sind im Standby-Modus. Die geschätzte Kollegin Voglgruber und ihr strammes Frauenhilfswerk haben die arme Gretel in Schutzhaft genommen. Ich nehme an, sie prüfen gerade die rechtlichen Chancen einer Anzeige.

Martha Voglgruber! Auch so ein Tiefschlag. Ausgerechnet die Anwaltskanzlei, von der Hänsel Hilfe erhofft hatte, arbeitete für die Gegenseite. Dabei war Severin sozialdemokratisches Urgestein, ein Genosse ... Und wenn das alles eine Parteiintrige war? Martha hielt sich zwar aus dem politischen Tagesgeschäft heraus, hatte aber ihre Kontakte, ihr Netzwerk, zog vielleicht im Hintergrund ihre Fäden und machte sich gerne stark für die Frauenquote. Gut, soll sie, er war auch für die Frauenquote, aber doch nur bei ausreichender Qualifikation. Dass die amtierende Parteiobfrau diese Qualifikation nicht hatte, das konnte niemand bestreiten, der seine fünf Sinne beisammen hatte. Von einem Fettnapf zum nächsten! Und ihre Umfragewerte lagen im untersten Kellergeschoß!

Es braucht einen Neuanfang! Und zwar mit mir! Mit wem sonst?! – Oder gab's da noch einen anderen oder eine andere? … Nein … Na ja, Markus Urban fiel ihm ein, ein talentierter Bursche, klug, eloquent, wendig, keine Frage, aber ideologisch unzuverlässig und ohne Hausmacht in der Partei, außerdem noch viel zu jung … dreiunddreißig oder so … andererseits: Was heißt zu jung? Andere werden in diesem Alter Bundeskanzler. So war das heute … Wurden hinter seinem Rücken neue Netzwerke geknüpft? War er zu naiv? Konnte er den Leuten noch trauen, die er für seinen informellen Stab hielt? Clemens, Esther, Ivo … Hänsel, Hänsel, was braut sich da zusammen?

Es war Zeit, aus der Deckung herauszutreten! Ein kräftiges Zeichen würde er setzen: Genossinnen und Genossen! Ich bin wieder da! Und wie ich wieder da bin! Es gibt nämlich einen Mann, der meine Unschuld bezeugen kann! – O ja, er wird Dietrichs Angebot annehmen! Er wird sich nicht zur Schlachtbank führen lassen wie das blöde Lamm. Er wird den nächsten Zug machen – und was für einen! *Ich* habe einen Zeugen, Herrschaften, *ich*, nicht die Maurer-Gretel!

Die Weinflasche war leer, Hänsel erschöpft. Schlafen, dachte er, nur noch schlafen. Aber morgen werden die Waffen geschmiedet! Und dann schlagen wir zwei die politische Mensur, Waffenbruder Diederich!

25

Hannelore, sehr transatlantisch, urban und weltweiblich

„Lasst doch den Dingen ihren kunterbunten Lauf!“, forderte Reinhard und bekannte sich zur heiteren Sorglosigkeit des Weltnarren, aber Joachim widersprach ihm.

„Unmöglich, Reinhard, wir brauchen für Hannelores Besuch ein Programm. Mittel- und Höhepunkt muss der Besuch des Wutscherhäusls sein.“

„Ach Gott, ausgerechnet zu dieser Jahreszeit, wo alles so trist aussieht“, klagte Hildegard, „wenn wenigstens noch Schnee läge! Von diesem Anblick wird Hannelore nicht begeistert sein.“

„Dann sieht sie wenigstens, wie bitter nötig ihre Hilfe ist“, sagte Reingard. Sie hatte es nämlich schon entworfen und zur Besprechung mitgebracht, das große Festprogramm, das Joachim für unentbehrlich hielt.

„Lies vor, Reingard! Ja, bitte, lies vor!“

„Also gut. Hannelore kommt mit dem Flieger aus Frankfurt um elf. Es erwartet sie das große Begrüßungskomitee. Alles in Schale. Willkommens-Sekt ...“

„Einmarsch von mindestens drei Blasmusikkapellen des Kameradschaftsbunds in den Uniformen der SA und der SS!“, ätzte Reinhard.

„Halt den Mund, Reinhard, das ist jetzt nicht dein Auftritt! Also, weiter ... Joachim und Birgit, ihr bringt Hannelore zum Hotel, Mutti fährt mit euch im Wagen. Hannelore hat dann etwas Zeit, um auszupacken und sich frisch zu machen. Um zwei Uhr holen wir sie alle ab und fahren im Konvoi hinauf zum Wutscherhäusl. Besichtigung und Begehung dauern höchstens eine Stunde. Rebekka und Birgit sorgen vorher dafür, dass das Haus einigermaßen sauber ist. Dann gibt es Nachmittagskaffee bei mir im Haus. Für die Mehlspeisen sorgen Hildegard und Birgit. Ungefähr um 17 Uhr bringst du, Dietrich, Hannelore wieder ins Hotel. Sie kann sich vor dem Abendessen noch etwas entspannen. Das Abendessen gibt es ab 19 Uhr bei Joachim und Birgit. Das ist persönlicher als in einem Restaurant."

„Und wer kocht?", fragte Birgit.

„Immer diejenige, die fragt", antwortete Reingard. „Irgendeinen Beitrag kannst du wohl auch leisten."

„Ach ja, dann hab ich das eh richtig interpretiert", sagte Birgit, „ich bewundere immer, wie großzügig du mit Zeit, Geld und Arbeitskraft deiner Mitmenschen umgehst."

„Ich kann dir helfen, zum Beispiel einkaufen", sprang Rebekka hilfreich bei.

„Ja, Rebekka, ich weiß, das bewundere ich auch immer wieder."

Hildegard nahm die aufkommende Gereiztheit nicht wahr. „Bravo, Reingard, das hast du dir schön ausgedacht. So machen wir's!"

Um Hildegards soeben erst aufgehellte Stimmung nicht gleich wieder einzutrüben, übernahmen alle Beteiligten die Rollen, die ihnen Reingards Casting zugeteilt hatte. Wirklich alle – nur eine nicht: Hannelore.

Eine gewisse Suzanne Lang teilte den Familienmitgliedern im Auftrag von Frau Doktorin Hannelore Lichtenstein per Mail mit, dass Frau Lichtenstein ihre Reisepläne geändert habe. Sie sei bereits vor zwei Tagen angekommen. Für Mittwochabend, 19 Uhr, lade Frau Doktorin Lichtenstein ihre Familie in den Goldadler ein, wo die Ratsherrenstube reserviert sei.

Pünktlich um sieben waren sie alle zur Stelle. Hildegard betrat die Ratsherrenstube protokollgemäß als Erste und wurde als Einzige von Hannelore umarmt und auf beide Wangen geküsst. Vorübergehend verlor Hildegard die seelische Fassung und den physischen Halt, musste gestützt und zu einem Stuhl geführt werden.

Hannelore reichte ihr ein Glas Champagner. „Trink was, Mutti, das hilft."

„Entschuldigt, bitte", schluchzte Hildegard, und alle fanden Muttis Bewegung begreiflich. Da gäbe es doch nichts zu entschuldigen.

Eine außenstehende Neugierdsnase, die jetzt Augen und Ohren in den fröhlichen Stimmenlärm der Ratsherrenstube gesteckt hätte, solch eine ungeladene Person hätte nichts anderes wahrgenommen als ein herzenswarmes Wiedersehen nach langer, vielleicht schicksalhafter Trennung: heitere Spannung, höflich eingezäunter Überschwang, Hoffnung auf gütig Erinnertes und froh Erneuerbares. Vom familiären Furor vergangener Tage und von nach wie vor brodelnden Seelenuntergründen sähe und hörte die Neugierdsnase nichts.

Hannelore stand fest im Zentrum, sehr transatlantisch, urban und weltweiblich, kultiviert nach höherem Ostküstenstyle. Neben ihr stand eine souveräne Mittdreißigerin, ladylike, duftig, viertelasiatisch, in vornehmer Zurückhaltung aristokratisch lächelnd. Hannelore stellte sie als Doktorin Suzanne Lang vor, ihre rechte Hand in allen Dingen.

„Suzanne spricht neben Englisch und Chinesisch auch sehr gut Deutsch“, sagte Hannelore, „allerdings ein gepflegtes Hochdeutsch. Wer da nicht sattelfest ist, soll sich lieber an Englisch halten. Hunde und Dialekte müssen heute draußen bleiben.“

Reinhard stellte seine Frau Rebekka und ihre Tochter Sarah vor.

„Du bist ein schönes Mädchen“, sagte Hannelore zu Sarah, die verlegen zur Seite blickte und an ihrem bunten Kleidchen herumzupfte.

Da schob Birgit flink ihre Buben in die erste Reihe: „Nils und Jens, *unser* Nachwuchs."

„Nils und Jens", wiederholte Hannelore etwas schmallippig, „sehr schneidig. Wenn sie blond wären, wär es fast zu viel des Nordischen."

„Hast du uns was mitgebracht aus Amerika?", fragte Jens.

„Nein, warum sollte ich?"

„Weil du eine Tante bist."

Ein Anlass zum Lachen war durchaus willkommen.

„So, meine Lieben, zu Tisch!", rief Hannelore und klatschte in die Hände. „Suzanne zu meiner Linken, Mutti zu meiner Rechten. Ehre, dem Ehre gebührt. Ansonsten ist freie Platzwahl."

Unter munterem Allerweltgerede wurden Vor- und Hauptspeise eingenommen, dann schlug Hannelore bestimmt ans Glas und erhob sich.

„Bringen wir das Wesentliche hinter uns", sagte sie, „der Grund meines Besuchs ist allen bekannt. Ich weiß, was ihr von mir erwartet. Daher kurz und klar: Suzanne und ich haben gestern das Wutscherhäusl besichtigt. Der Zustand ist miserabel. Ich habe mich entschlossen, das Objekt zu kaufen. So, und jetzt können wir zum gemütlichen Teil übergehen."

Das Ah und Oh der Erleichterung klang mehrstimmig durch die Ratsherrenstube, Hildegards Glück ergoss sich abermals in Tränen. Dietrichs

„Danke" stieß Nachahmer an: Ja, danke! Danke, Hannelore! Tausend Dank!

„Es ist gewiss zu früh, jetzt eine große Rede zu halten", sagte Joachim, „lass mich bitte nur eines sagen, liebe Hannelore. Allen Missstimmungen, sicher auch Missverständnissen der Vergangenheit zum Trotz, beweist du uns hier und heute etwas Wesentliches: Ist die Pernauer'sche Not am größten, dann steht die Familie am nächsten. Darauf erhebe ich mein Glas und sage noch einmal aus ganzem Herzen: Danke, liebe Schwester!"

Alle folgten Joachims Beispiel, auch Hannelore, auch Suzanne Lang, aber in ihr Lächeln mischte sich etwas Unsolides, das nur Dietrich zu bemerken schien.

„Ich nehme an, dass du die Familie in Rechtsangelegenheiten vertrittst", sagte Hannelore zu Joachim, „Suzanne wird dich in den nächsten Tagen kontaktieren."

Die Spannung war gelöst, der Knoten zerschlagen. Die Abendgesellschaft zerstreute sich in heitere Kleingespräche. Reinhard widmete sein bestes Hochdeutsch Missis Lang, Hannelore und Birgit hörten von Reingard Wegweisendes über die Heilkraft der Bildkunst. Zwischendurch begeisterten Jens und Nils mit einer kleinen Sportdarbietung und Sarah sang zu Rebekkas Gitarrenbegleitung ein nigerianisches Tanzlied.

„Dietrich“, sagte Hannelore, „du hockst so ambitionslos im Abseits herum. Begleite mich nach draußen. Ich will eine Zigarre rauchen und einen Birnenschnaps trinken.“

Gewärmt von zwei Heizschwämmen im Innenhof des Goldadlers beantwortete Dietrich skizzenhaft Hannelores Fragen nach seinem kleinen Leben, erzählte von seiner nach wie vor ungebrochenen Beamtenliebe zur Statistik, seinem privaten Wirken und Weben in Onkel Haralds Erbwohnung – und ja, er sei noch bei den Neugermanen, eine Gewohnheit, Gemeinschaftsgefühl in moderater Dosis sozusagen.

„Und die Liebe?“

„Liebe?“

„Ja, hast du einen festen Freund, einen Lebensgefährten oder Ehemann?“

Die Unbefangenheit und Selbstverständlichkeit, mit der Hannelore seine Homosexualität ansprach, war Dietrich unangenehm und angenehm zugleich, und als sei er selbst unbefangen, antwortete er: „Ach nein, da hat sich nie was Rechtes ergeben.“

„Schade.“

„Mittlerweile bin ich gern allein.“

„Dieser Herr Hänsel, der vorübergehend im Wutscherhäusl wohnt …“

„Hast du ihn kennengelernt?“

„Ja, er hat uns gestern durch das Haus geführt. Ein angenehmer Mensch, wie mir scheint. Sind Sie ein Freund der Familie?, fragte ich ihn, und er sagte: Ich bin ein Freund von Dietrich. Da dachte ich, aha, schön für Dietrich."

„Ein Freund, ja, eine Art Freund ist er schon, aber nicht so, wie du meinst. Hänsel hat grad eine Ehekrise. Er braucht einen Zufluchtsort."

„Den hätten die Eltern von meinem Billy auch gebraucht. Billy ist mein Mann."

„Ich weiß, dass du verheiratet bist, aber ich weiß gar nichts von deinem Mann."

Hannelore rauchte und erzählte in Kurzfassung das Wesentliche. Billys Eltern hatten Deutschland 1938 verlassen, Opfer der Rassengesetze. Mit zwei Koffern und sonst fast nichts waren sie in die Staaten gekommen, redliche, tüchtige Menschen. Nach zwanzig Jahren harter Arbeit und kluger Investition gehörte den Lichtensteins eine Kaufhauskette. Billy wurde in den USA geboren, in den frühen Fünfzigern. Seine Großeltern sind in Buchenwald gestorben.

„Hannelore, du weißt, dass ich das schrecklich finde. Ich bin kein Antisemit, überhaupt kein Rassist."

„Das weiß ich, Dietrich, du hättest damals mit mir die Zelte hier abbrechen sollen. Amerika hätte dir gutgetan, davon bin ich überzeugt."

„Kann sein, aber dafür ist es zu spät."

„Sag das nicht. Wer weiß …"

Hannelore legte die kalt gewordene Zigarre ab. Sie und Dietrich gingen in die Ratsherrenstube zurück und Hannelore schlug noch einmal energisch ans Glas.

„So, meine Lieben, Suzanne und ich ziehen uns jetzt zurück. Wir müssen früh raus. Unser Flieger startet um halb neun."

26
Meine Erinnerung ist lückenhaft und unzuverlässig

Und dann kam es doch ganz anders. Hans-Werner Hänsel rief Gernot Brunmayr nicht an, benannte Dietrich Pernauer nicht als Zeugen, ging nicht in die Offensive, sondern schwang die weiße Fahne der Kapitulation, das allerdings in aufrechter Haltung. Verursacht wurde seine Wende um 180 Grad von einer jener rätselhaften Entscheidungen, die den belasteten Menschen in früher Morgenstunde aus dem Schlaf reißen, um seinem Bewusstsein einzuschärfen: So machst du das! So und nicht anders! Quäl dich nicht länger!

Hänsel schwang sich vom Bett, machte Licht und Kaffee, setzte sich an den Laptop und schrieb einen offenen Brief, adressiert an alle, die ihn lesen wollten und sollten, Familie und Freunde, Medien und Partei. Er schrieb, dass Margarete Kantors Anschuldigung ihn hart getroffen und auch empört habe. Gewalt gegen Frauen, welcher Art auch immer, verurteile er scharf. Ausgerechnet ihm Vergewaltigung zu unterstellen, habe er daher als ungeheuren Affront empfunden, als bösartige Verleumdung und unverschämte Ungerechtigkeit …

… Da mich der Angriff auf meine persönliche Integrität ausgerechnet in einer Lebensphase traf,

in der ich mich entschlossen hatte, eine führende Rolle in der Partei anzustreben, verlor ich die Nerven. Ich reagierte panikartig und machte Fehler. Ein Fehler war es, Dr. Gernot Brunmayr mit meiner Verteidigung zu beauftragen. Herr Brunmayr ist zwar ein anerkannter, erfolgreicher Anwalt, seine weltanschauliche Haltung ist aber nicht die meine und manche seiner Methoden widersprechen meinen ethischen Grundsätzen.

In diesem Zusammenhang kritisiere ich auch gewisse Medien, vor allem das Online-Medium GLASKLAR. Die Art und Weise, in der Fredi Schulze und Bettina Ruschko in ihrem Beitrag Margarete Kantor die persönliche Würde genommen haben, kann keinesfalls meinen Beifall finden, auch dann nicht, wenn ich davon profitieren würde. Allerdings bezweifle ich, dass ich daraus einen Vorteil ziehen konnte. Genau betrachtet sind wir beide die Verlierer, Margarete Kantor und ich.

Daher möchte ich mich auch an Sie persönlich wenden, sehr geehrte Frau Kantor. (Das vertrauliche Du und die „Gretel" lassen wir hinter uns, sie passen nicht mehr zur belasteten Beziehung, in der wir jetzt zueinander stehen.) Sehr geehrte Frau Kantor, ich versichere Ihnen, dass ich mir nach wie vor keiner Schuld bewusst bin, möchte allerdings einräumen, dass ich Sie deswegen nicht der Lüge bezichtige. Ich habe meinen Rückzug aus der Öffentlichkeit zu ausführlichen Recherchen genutzt. Ich weiß jetzt, dass eine Frau, die zum Opfer einer unerwünschten sexuellen Handlung wird, in eine Art Schockstarre verfallen kann, sodass für den Mann nicht zu erkennen ist, dass die Frau keine weitere Annäherung wünscht. Meine Erinnerung an das Institutsfest, von dem Sie sprechen, ist lückenhaft und unzuverlässig. Dass wir uns an diesem Abend unter Alkoholeinfluss näher gekommen sind, entspricht aber meinen Erinnerungsresten. Wie weit wir gegangen sind, weiß ich nicht. Ich kann daher nicht ausschließen, dass Sie sich von mir bedrängt oder sogar überwältigt gefühlt haben. Sollte dies der Fall sein, möchte ich Ihnen versichern, dass es mir unendlich leid tut und ganz gewiss nicht meine Absicht war. Sollten Sie es wünschen, bin ich zu einer persönlichen Aussprache bereit.

Ich möchte nicht verschweigen, dass mich einige Menschen in meiner näheren privaten und beruflichen Umgebung in den letzten Wochen enttäuscht haben. Ich hätte euch gebraucht, ihr habt euch distanziert. Ob das eine oder andere gerissene Seil wieder geknotet werden kann, wird man sehen.

Ich lege gemeinsam mit allen politischen Funktionen meine Parteimitgliedschaft zurück und werde meine berufliche Zukunft anderswo suchen. Meinen weltanschaulichen Werten bleibe ich treu.

Fünf Uhr zwanzig. Wie schmal er ist, der Zeitraum zwischen alter und neuer Sachlage, dachte

Hänsel, früher mussten berittene Boten ausgeschickt werden, die tagelang unterwegs waren, dann immerhin noch Postzüge und Briefträger. Jetzt genügt ein Mausklick. Zweiundvierzig Mailadressen zählte er. Senden! – Erledigt. Fünf Uhr einundzwanzig.

Halt! Alles zurück! Ich hab es mir anders überlegt! Nein, Hänsel, das gibt es nicht mehr. Dafür wäre es zu spät. Aber es war ohnedies nur Gedankenspiel. Er war zufrieden mit seiner mutigen Tat, wurde ruhig, und so kam auch die Müdigkeit noch einmal zurück. Er ging wieder zu Bett und schlief tief.

Mit ersten Reaktionen war schon zu rechnen, als Hänsel kurz vor zehn aufwachte, aber er schaltete weder Handy noch Laptop ein. Das Urteil der Welt über ihn würde in alle Richtungen auseinanderschießen – hier pro, dort contra, und vieles irgendwo dazwischen; Anerkennung, Zweifel, Hohn, Bewunderung, Unverständnis, Häme, Schadenfreude, Respekt … und so weiter. Hänsel interessierte sich nicht dafür, er bereitete seinen Aufbruch vor und dachte: Ich habe getan, was ich tun musste.

Und wie urteilte sie nun, die Welt, an der Hänsel nicht mehr interessiert war? Die einen sagen so, die anderen so.

„So ein Idiot", murmelte Gernot Brunmayr, nachdem er Hänsels Mail gelesen hatte, beauftragte das

Sekretariat mit der Erstellung der Honorarnote für Herrn Hänsel und widmete sich dann den Anforderungen seines Arbeitstages.

Mehr als den Anwalt Brunmayr beschäftigte Hänsels offener Brief die Medien. Ihre Online-Redaktionen hatten schon in den frühen Morgenstunden für die Verbreitung und eine erste vorsichtige Einschätzung gesorgt. Für Rückfragen war der Briefschreiber leider nicht zu erreichen. *Hinterlassen Sie keine Nachricht. Ich rufe Sie sicher nicht zurück.*

Wo sich Hänsel aufhielt, wohin er verschwunden war, wusste niemand, nicht einmal die Familie Pernauer, denn ihr außergewöhnlicher Gast hatte gegen Mittag seine wenigen Sachen gepackt, die Haustür des Wutscherhäusls hinter sich versperrt und den Hausschlüssel in den Briefkasten geworfen – nebst einer schriftlichen Dankesformel für die erwiesene Gastfreundschaft. Über die nördliche Staatsgrenze entkam er in die Anonymität und nahm in einem Landgasthof bescheidenes Quartier. Da er zur Ruhe gekommen war, wollte er in den nächsten Tagen, vielleicht auch Wochen, durch die Wälder, Wiesen und Felder gehen, weit, bis hinüber zum Stausee, und bei böhmischer Hausmannskost und Fassbier sein neues Leben vorbereiten.

Romana hatte ihm eine SMS geschrieben. Sie versuche ihn seit Stunden zu erreichen, möchte ihm sagen, dass sie sein Verhalten sehr anständig finde und über Heimkehr und Versöhnung zumindest einmal nachdenke. – Auch ich denke nach, antwortete Hänsel, wozu mein Nachdenken führen wird, weiß ich aber noch nicht. Du hast mir in meiner schwersten Stunde die Liebe verweigert. Ich weiß nicht, ob du noch mein Lebensmensch sein kannst. Grüße Alma und Mira von mir. Sag ihnen, dass sie mir sehr fehlen.

Im Oberstock des Parteihauses erlebte der engere Führungsstab, wie die Obfrau, die in den letzten Wochen flügellahm gewirkt hatte, erstaunlich auffrischte und alle dazu ermunterte, eine passende Sprachregelung für den Absprung des Genossen Hänsel zu formulieren. *Wir bedauern den unerwarteten Rücktritt eines verdienten Parteifreundes … Wir haben Verständnis für diesen Schritt, der ihm sicher nicht leicht gefallen ist … Nicht zuletzt die Rücksichtnahme auf die Partei, für die Hans-Werner Hänsel eine Belastung geworden wäre, wenn auch für uns nach wie vor die Unschuldsvermutung gilt … Was immer vorgefallen sein mag, Hans-Werner Hänsel hat mit seinem Rücktritt und seinem Verzicht moralisches Rückgrat bewiesen.*

Eine Etage tiefer beurteilte man die neue Situation ähnlich. Auch hier löste Hänsels abrupter Ausstieg Erleichterung aus, eine ganz und gar unverhohlene, geradezu triumphale. Über geeignete Sprachregelungen musste hier niemand nachdenken. Einige hatten zwar vordergründig Sympathie für Hänsels Führungsambitionen markiert. *Besser als Olga ist er allemal …* Die Strategie dahinter war aber, ihm zwei, drei Jahre geduldig beim Scheitern zuzuschauen. HWH war kein Mann für die Zukunft, HWH, das war auch nur zweite Liga, Old School, Retro-Style, Volksheim Österreich, Kreisky-Anbetungsgemeinde, Welterlösung durch Staatssozialismus, beim Migrationsthema sowieso beißgehemmt wegen seiner Romana. HWH, der Letzte seines Stammes sozusagen.

Der kommende Mann hieß auf der dritten Parteihausetage Markus Urban, nicht nur klar und realistisch in der sozialpolitischen Ansage, sondern auch in Sachen Migration. Integration ist Pflicht und Zuwanderung eher die Ausnahme als die Regel. Die Mehrheit will es so, und in Demokratien kannst du nicht gegen die Mehrheit regieren. In der Macht- und Mehrheitsfrage agierte Markus Urban entspannt, flexibel, pragmatisch. Man kann sich auch mit den Blauen auf ein brauchbares Programm einigen. Das sind doch keine Nazis! Zumindest die Mehrheit nicht. Antifa-Getöse interessierte ihn nicht.

Mit seiner Martha traf sich Markus Urban zum Abendessen beim Japaner.

„Na, was sagst du, Schatz? Damit haben wir beide nicht gerechnet“, sagte er, „das geht alles schneller und einfacher als erwartet. Hoffentlich nicht zu schnell. Eine mühsame Übergangsregentschaft HWH, so zwei bis drei Jahre, hätte zu meinem Timing gut gepasst. Jetzt muss eben alles flotter gehen. Aber wir werden es schon schaffen. Das Team ist hochmotiviert."

„Hab ich es dir nicht von Anfang an prophezeit?", sagte Martha. „Dieser *MeToo*-Skandal bricht Hänsel politisch das Genick. Wie immer das ausgegangen wäre, politisch wäre er auf keinen Fall mehr tragbar."

„Was macht Gretel jetzt? Klagt sie ihn trotzdem?"

„Nein. Davon hab ich ihr sowieso abgeraten. Die Faktenlage, soweit wir sie recherchiert haben, ist viel zu dünn. Wir hatten eher an einen außergerichtlichen Vergleich gedacht. Aber nach diesem offenen Brief hat sich das geändert. Gretel ist damit zufrieden. Ihrer Vorstellung von Gerechtigkeit ist damit Genüge getan."

„Klar, ruiniert hat sie ihn ja. Rache ist süß."

„Ich habe den Eindruck, Gretel weiß selbst nicht mehr genau, was in dieser Nacht passiert ist. Passiert ist aber sicher etwas. Was sie erinnert, ist etwas Schmerzhaftes, ein Ausgeliefertsein, Gewalt im Grenzbereich, möglicherweise wirklich so, wie es Hänsel im Brief darstellt."

„Und wie macht ihr weiter mit ihr?"

„Ich bin raus aus der Sache. Juristisch ist sie abgehakt, aber Psychotherapie und Sozialarbeit bleiben noch dran."

Dietrich saß unter seinem Maulwurf, litt unter einem herben Verlust, hätte aber nicht erklären können, was er überhaupt verloren hatte. Ihn schmerzte das Nichts, die uninteressante Leere, die HWH nach seinem öffentlichen Bußgang und seiner Abreise aus dem Wutscherhäusl hinterlassen hatte. Hänsel hatte Dietrichs Angebot nicht einmal zurückgewiesen, er hatte es kommentarlos ignoriert und ihm einen starken Auftritt vermasselt: Ich, Dietrich Pernauer, gelobe die Wahrheit zu sagen … Jawohl, hohes Gericht, dass es zu geschlechtlichen Handlungen kam, habe ich beobachtet, aber eindeutig einvernehmlich … Freispruch!

TV-Kameras und Rundfunkmikrofone wären neugierig an ihn herangefahren … Wer ist dieser Zeuge? Ein gewisser Dietrich Pernauer, Statistiker, Beamter der Landesregierung, unbescholten … Ist er ein Freund des Angeklagten, ein sogenannter Parteifreund vielleicht? – Aber nein, Herrschaften, ganz im Gegenteil! Dietrich Pernauer ist der jüngere Bruder des Anwalts und freiheitlichen Politikers Joachim Pernauer! – Ja was!? Ja wie?! Ist dieser Dietrich auch ein Rechter? – So wie es aussieht, ja! Mitglied der Burschenschaft Neugermania. – Nein! Tatsächlich?! – Was, Herr Magister Pernauer, veranlasst Sie, für einen Mann in den Zeugenstand zu treten, der schon zu Studienzeiten ihr deklarierter Gegner war? Zeitzeugen sprechen sogar von persönlicher Feindschaft. – Meine sehr geschätzten

Damen und Herren von den Medien, es gibt etwas, das höher steht als Partei, politische Gesinnung oder gar persönliche Aversion. Ich spreche von Wahrheit und Gerechtigkeit. Gerade wir Neugermanen vertreten diese Werte kompromisslos. Und Sie würden mir und meinesgleichen Gerechtigkeit widerfahren lassen, würden Sie meine Worte mit Respekt zitieren. Über einen Korporierten auch einmal etwas Wertschätzendes zu sagen, gehört ja nicht unbedingt zu Ihren Vorlieben.

Nach diesem Interview, ausgestrahlt zur besten Sendezeit, wären im nächsten Kneipkonvent die Krüge stramm gehoben worden: Bravo, Dietrich! Gut gebrüllt, Löwe! – So hatte sich Dietrich die Szenen zurechtgelegt … Und jetzt? Nichts. Nicht Löwe, sondern Maulwurf. Dietrich war wieder einmal ins Abseits gestolpert.

27
Die Menschheit hatte ein funkelnagelneues Großthema: Corona

Ganz kleines Ding, ganz große Wirkung! Dietrich war fasziniert. Keine 150 Nanometer klein ist es, das Virus SARS-CoV-2, aber so klein es auch sein mag, blöd ist es nicht und feig schon gar nicht. Frech pirscht es sich heran an die ahnungslose Wirtszelle. Heimtückisch bindet es seine Spike-Proteine an die ACE2-Rezeptoren der Zellmembran! Hat es das erst einmal geschafft, spaltet die membranständige Serinprotease TMPRSS2 das virale Glykoprotein S. Das Spike-Protein wird als fusogenes Protein aktiviert – und schwupp! Schon ist der böse Erreger drin in der ahnungslosen Wirtszelle.

Nicht schlecht, dachte Dietrich, aber jetzt musst du dich erst einmal vermehren, du klitzekleiner Lauser. Deine RNA muss raus aus dem Kapsid! Dafür hast du allerdings einige Möglichkeiten, und ist deine RNA erst einmal freigesetzt, steht deiner Replikation nichts Nennenswertes mehr im Wege. Die gutgläubige Wirtszelle nimmt es nicht so genau in ihrer Naivität, unterscheidet nicht zwischen Virus-RNA und hauseigener mRNA, und so produziert ihr Proteinsyntheseapparat völlig unkritisch virusspezifische Proteine. Die RNA trägt jetzt die genetische Information des Virus und wird durch Kopieren vervielfältigt.

Na, bravo! Da haben wir den Salat! Sind erst einmal virale RNA-Kopien und Virusproteine in erforderlicher Menge hergestellt, werden sie vom endoplasmatischen Retikulum mit offenen Armen aufgenommen und können es sich als Neuviren gemütlich machen. Wenn sie dort wenigstens eingesperrt blieben! Aber nein! Die Exozytose gibt ihnen die Freiheit, ihre heimatliche Wirtszelle zu verlassen und sich unternehmungslustig an andere heranzumachen. Und wenn das immer so weitergeht, von Wirtszelle zu Wirtszelle, von Mensch zu Mensch, dann liegt sie schön ausgebildet vor uns, die Pandemie. Und von so einer sprach sie tatsächlich, die WHO.

Die Menschheit hatte ein funkelnagelneues Großthema: Corona! Und die Medien treiben sich natürlich immer dort herum, wo die Menschen umtriebig sind. Wer interessierte sich jetzt noch dafür, was irgendein böser Hänsel irgendeiner armen Gretel möglicherweise vor zwei Jahrzehnten angetan hatte. Es war einmal!

Selbst in Dietrich Pernauers Kopf, über den die skandalösen Vorwürfe gegen Hans-Werner Hänsel beinahe gewachsen waren, zog sich der große *MeToo*-Skandal auf die Winzigkeit einer mit freiem Auge nicht mehr erkennbaren Unappetitlichkeit zusammen – weniger als sechzig mediale Nanometer. HWH verschwand aus den Schlagzeilen, SARS-CoV-2 rollte über seine Misere hinweg wie eine Straßenwalze.

Romanas *Ich-mach-mir-große-Sorgen*-SMS las Hans-Werner Hänsel inmitten der malerischen Kulisse des Städtchens Krumau, Weltkulturerbe und Egon-Schiele-Sujet. Hänsel der Korrekte sagte und schrieb natürlich Český Krumlov. Wie auch immer, ob tschechisch oder deutsch, für kulturhistorische Bildung und Kunstgenuss blieben ihm wenig Zeit und Raum. Hänsel hatte das unvorstellbar kleine Virus, das Dietrich so sehr faszinierte, anfangs ignoriert, dann zur innerchinesischen Angelegenheit erklärt, in die er sich nicht einmischen wollte, schon gar nicht von seinem böhmischen Exil aus. Fledermäuse waren sowieso nicht sein Ding, nicht einmal für Vampirfilme interessierte er sich. Aber die ausführliche Botschaft, die ihm Romana aus der Heimat geschickt hatte, setzte seiner Nichteinmischungspolitik ein jähes Ende.

Das Virus hatte Wuhan längst verlassen, war auf unternehmungslustigen Wirten in die weite Welt hinausgereist, die Infektionszahlen stiegen rasant und erste Todesopfer wurden auch in Europa gemeldet. Was ein Hotspot ist, konnten viele Betroffene am Tiroler Beispiel Ischgl studieren, und Norditalien führte vor, wie schnell ein Gesundheitssystem kollabieren kann. Für den Flugverkehr gab es bereits Einschränkungen, und so waren auch Grenzschließungen in näherer Zukunft alles andere als dystopische Phantasterei. Komm bitte zurück, so schnell wie möglich, hatte Romana geschrieben und Hänsel überzeugt. Er packte seine Reisetasche.

„Wir müssen sterben! Wir müssen alle sterben!" Hildegards laute, tränenreiche Klage drang einmal in Joachims Ohr, ein anderes Mal in das von Dietrich, seltener in das von Reingard, aber oft in das von Rebekka. Joachim und Dietrich versuchten den Vernunftweg, blieben aber ohne nachhaltigen Erfolg. Panik interessiert sich nicht für Argumente.

Reingard erklärte ihrer Mutter, das Corona-Virus gäbe es gar nicht, es sei eine Erfindung der Pharmaindustrie, die unter der Führung von Bill Gates die Weltherrschaft anstrebe. Hilfreicher als dieses von Reingard gelüftete Geheimnis war aber Rebekkas Entschluss, Hildegard zu sich ins Häuschen zu holen.

„Allein steht sie das nicht durch", sagte sie zu Joachim, „ich hoffe, ihr seid damit einverstanden, dass Hildegard vorübergehend bei uns wohnt."

„Rebekka, du bist ein guter Mensch", antwortete Joachim, „aber ich hoffe, *du* stehst das durch. Mutti wird immer schwieriger, und so viel Platz habt ihr ja auch wieder nicht."

„Wenn jemand bei ihr ist, geht es Hildegard gleich besser, sie ist dann ruhiger, nicht so ängstlich, und sie kümmert sich sehr lieb um Sarah, wenn ich zur Arbeit muss. Sarah und ich haben also auch was davon."

„Warum musst du zur Arbeit? Die Schulen bleiben doch geschlossen."

„Grundsätzlich ja, aber wenn Eltern Aufsicht für ihre Kinder brauchen, müssen wir da sein."

„Und was sagt Reinhard?"

„Reinhard ist in Italien."

„Nicht wahr!"

„Schon wahr!"

„Hat er endgültig nicht mehr alle Latten am Zaun? Was macht dieser Wahnsinnige jetzt in Italien?"

„Er will wieder einen Gedichtzyklus schreiben. Ach, Joachim, du kennst doch deinen Bruder! Von Zeit zu Zeit braucht er so etwas."

„Könnte er jetzt überhaupt zurückkommen?"

„Ja, aber es ist schwierig. Gesundheitskontrolle an der Grenze und zwei Wochen Quarantäne. Reinhard will das nicht, er sagt, er sitzt die Krise lieber in Italien aus. Der Gargano tut ihm gut, und Reinhard ist glücklich, weil er sehr produktiv ist. Ich freue mich auch, dass er endlich wieder Gedichte schreibt. Du weißt ja, die Liebe zur Lyrik hat uns zusammengebracht."

Die Liebe zur Lyrik hat uns zusammengebracht. Rebekka erzählte gerne vom wunderbaren Beginn ihrer Liebesbeziehung. Der Tag ihrer Erstbegegnung in einem katholischen Bildungshaus wird sich im Mai zum dritten Mal jähren. Rebekka und Reinhard hatten sich, als sie noch gar nichts voneinander wissen konnten, für das kreative Schreibseminar *Die Seele beim Wort nehmen* angemeldet, geleitet und begleitet von Gundi Hieglmaier, einer pensionierten Gymnasiallehrerin für Deutsch und Psychologie. Am späten Nachmittag des dritten und vorletzten Seminartags gab Reinhard die Ernte seiner letzten Schaffensstunden zum Besten:

Du bist mein Yin
Ich bin dein Yang
Und umgekehrt.
Ich bin dein Sinn
Du mein Gesang
Und umgekehrt.
Du bist mein Himmel.
Ich bin deine Erde.
Und ICH und DU sind da,
damit ein WIR draus werde.

Im Seminarraum breiteten sich stille Rührung und behutsam wispernde Bewunderung aus.

Man sei sich wohl einig in der Gruppe, dass Reinhards Gedicht wunderschön sei, sehr berührend, aber auch formvollendet, sagte die Seminarleiterin und fragte den Dichter, ob er seinen Versen auch einen Titel gegeben habe, wie sie es in ihrer poetologischen Anleitung empfohlen habe.

Reinhard antwortete mit einem hintergründig hingezogenen „Einen ... Titel? Jaaa ...“

Dann schwieg er, sodass Gundi Hieglmaier in heiterem Tonfall nachsetzte: „Und wirst du uns deinen Titel auch verraten?“

Reinhard lächelte, nickte und sagte mit Betonung und Bedeutung: „*An Rebekka* ...“ Und da er, während er den Titel deklamierte, seinen tiefsten Blick auf die im Raum anwesende Rebekka heftete, konnte kein Zweifel mehr darüber bestehen, wer die Adressatin war. Lyrik und Liebe. Literatur und Wirklichkeit.

Reinhards öffentlich vorgetragene Liebeserklärung löste bei den Anwesenden jene sanguinisch beflügelte Verlegenheit aus, die sich beim Menschen häufig einstellt, wenn er unvorbereitet zum Zeugen einer anmutigen Intimität wird. Gundi Hieglmaier wusste nicht so recht, welche Richtung sie dem kreativen Gruppenprozess nach dieser Epiphanie weisen sollte, aber Reinhard löste die Gefühlsklemme, indem er sagte: „Darf ich mir jetzt etwas wünschen?“

Und weil niemand ja oder nein sagte, setzte er fort: „Ich fände es sehr schön, wenn Rebekka jetzt ihre Schöpfung vortragen würde.“

„O nein!“, seufzte die stark erhitzte Rebekka, aber das erleichterte Aufatmen und Auflachen der kreativen Laiengruppe machte ihr Mut, die jüngste Hervorbringung ihrer theopoetischen Inspiration vorzubringen. Rebekka schrieb vorwiegend Theopoesie.

„Es ist nur ein Haiku“, sagte sie, was Gundi Hieglmaier intervenieren ließ: „Oho, das abwertende Wörtchen *nur* will ich jetzt nicht gehört haben!“

„Also gut, dann eben ein Haiku, ohne *nur*. Der Titel ist sehr schlicht: Haiku 198.“

Der zarte Grashalm.
Auf seinen Spitzen, winzig,
grünt der große Gott …

Während Rebekka nach dem Telefonat mit Joachim gegenwartsverloren ihre erste Liebesnacht mit Reinhard erinnerte, sammelte ihr geliebter Troubadour in der Ferne süditalienische Inspirationen für einen lyrischen Zyklus. Goethes *Römische Elegien* hatten ihn dazu ermuntert. Solche Elegien wollte Reinhard auch schreiben, jedoch mit seinem Gesang über Goethe hinausgehen, noch intensiver, noch sinnlicher, noch südlicher, als Goethe es vermocht hatte! Daher der Campingplatz auf dem Gargano, nicht der römische Campo de’ Fiori! *Froh empfind ich mich nun auf klassischem Boden begeistert*, hatte der Kollege aus Weimar gedichtet. Ein scheiß Versmaß, dieser … – wie heißt das Ding? Hexameter. Reinhard probierte ein bisschen herum, geriet aber in einen anderen Rhythmus:

Ich empfind mich froh / auf dem Gargano. – Na ja, ein Anfang ist es.

Bergamo! Bild und Bericht sorgten daheim für Besorgnis. Die Abendnachrichten. Birgit und Joachim sahen und hörten, dass nicht nur die lombardischen Krankenhäuser, sondern auch die Friedhöfe überfordert waren. Zum ersten Mal hörten sie das Wort *Triage*. Kranke und Tote, befördert von Armeefahrzeugen – und kein anderes Licht am Ende des Tunnels als die Scheinwerfer des heranrasenden Pandemiezugs.

„Siehst du, Birgit, wie gut, dass du dich jetzt um die Buben kümmern kannst", sagte Joachim. Mit seinem besserwisserischen *Siehst du* stieß Joachim unbedacht ein heißes Thema an, das im Eheuntergrund der Pernauers seit zwei Jahren brodelte.

Birgit hätte gerne das Angebot ihrer Cousine Elvira angenommen, mit ihr gemeinsam das Reisebüro zu leiten. Joachim war strikt dagegen. Teilzeit, so wie jetzt, das war doch gut, Halbtag, meinetwegen, vielleicht auch etwas mehr in konjunkturstarken Zeiten, aber unternehmerische Verantwortung übernehmen? Eine Mutter mit zwei Schulbuben? Halbe-halbe und externe Hilfen, wie Birgit vorgeschlagen hatte, das kam überhaupt nicht in Frage. Er war Anwalt und brauchte für seine politischen Ambitionen einen freien Rücken.

„Du hast nicht nur einen ökonomisch erfolgreichen, sondern auch einen wertkonservativen Mann geheiratet, meine liebe Birgit. Das mag den einen oder anderen Nachteil haben, aber die Vorteile überwiegen.“

„Und wenn mein wertkonservativer Mann eines Tages die progressive Idee hat, seine Liebe und seinen Erfolg mit einer schöneren, jüngeren, repräsentativeren Dame zu teilen, stehe ich ohne Schirm im Regen.“

„Falsch gedacht“, antwortete Joachim, „das ist nämlich der Vorteil des Wertkonservatismus. Ehe und Familie sind heilig, so wie Vaterland und Volk. Meine Ehre heißt Treue – entschuldige, ich weiß, dass du diesen Spruch nicht magst.“

Und wenn ich eines Tages ehemüde würde und auf die Idee käme, mir einen anderen zu suchen?, dachte Birgit, was dann? Sie sprach aber ihren heimlichen Freiheitsgedanken nicht aus. Er war hypothetisch, und so wie die Welt derzeit aussah, gab es Wichtigeres zu denken und zu tun.

Joachims Handy sang die ersten Takte der Landeshymne. Reingard brauchte seine Hilfe. Sie hatte an einer wilden Kundgebung gegen die Corona-Lüge teilgenommen und war gemeinsam mit fünf Reichsbürgern wegen Widerstands gegen die Staatsgewalt verhaftet worden.

„So ein blöder Trampel!“, schimpfte Joachim.

Birgit widersprach ihm in dieser Sache nicht.

Auf der Rückreise aus Tschechien quälte sich Hänsel mit der Frage, welcher blöde Engel ihn geführt hatte, als er aus einsamer Nacht sein halbes Schuldeingeständnis in die weite Welt hinausposaunt hatte. Voreilig, Hänsel, sehr voreilig! Einfach dumm! Welches moralische Über-Ich hat dich da getrieben? Und deine politische Karriere, die schmeißt du auch gleich hin, als gäbe es kein Morgen! Was für ein Wahnsinn, Hänsel! Brunmayr muss dich für einen Idioten halten.

Auf die Erleichterung, mit der er in das südböhmische Exil gezogen war, folgte das schreckliche Erwachen über seinen verhängnisvollen Fehler, und dem Schrecken folgte die Depression. Obwohl der Himmel bewölkt war, setzte Hänsel die Sonnenbrille auf. Das dämpfte den harten Kontakt mit der Welt. Manch einer fällt tief, aber nur wenige stoßen sich selbst hinunter. Hänsel fühlte sich kraftlos. Wie ferngesteuert lenkte er den Wagen, die Grenzkontrolle ließ ihn anstandslos passieren.

Ich bin wieder in Österreich, schrieb er an Romana, es geht mir schlecht, aber mach dir keine Sorgen. Lass mir einfach ein bisschen Zeit.

Ständig mit Romana zusammen zu sein, würde er jetzt nicht ertragen. Dass sie ihm die dringend benötigte Seelenstütze sein könnte, hielt er für unwahrscheinlich, vielleicht eine Hilfe im Praktischen, das wäre sie sicher, aber allein ihr Blick, halb Enttäuschung, halb Vorwurf, würde unmöglich machen, was er jetzt brauchte: Beruhigung, Frieden, Normalität. Sie könnten aber nicht so tun, als sei alles normal, als sei nichts geschehen. Und was sollte er Mira und Alma sagen? Stellte er sich die unvermeidliche Aussprache mit seinen Töchtern vor, verließen ihn völlig Kraft und Mut.

Hänsel hielt den Wagen auf einem Marktplatz an, wollte ein Glas Bier trinken, vielleicht auch etwas essen, aber weder Bäckerei-Café noch Gaststätten waren geöffnet: *Aufgrund der Corona-Maßnahmen bleibt unser Lokal ab 15 Uhr geschlossen.* Das auch noch! Globale Krise, privat und öffentlich. Wohin jetzt, Hänsel, wohin? – Da fiel ihm Dietrich ein, Dietrich und das Wutscherhäusl. Soll er ihn noch einmal bitten …?

Dietrich ging es erstaunlich gut in Hänsels schwerer Stunde. Er fühlte sich sauwohl im Home-Office, wo er, in sicherer Distanz zu Vorgesetzten und Kollegen, konzentriert seine Rechenoperationen durchführte. Dietrich hatte sich technisch bestens eingerichtet, kulinarisch gut versorgt und funktionierte im pandemischen Krisenmodus, der so viele belastete und verdross, besser denn je. Sieben-Tage-Inzidenz und Reproduktionsfaktor, Modellierung und Simulation. Daten, Zahlen, Berechnungsmethoden. Dietrich war auf seinem Gebiet, arbeitete emsig den ganzen Tag, meist freiwillig bis zur späten Abendstunde, lieferte zuverlässige, brauchbare Ergebnisse und hörte mehr als einmal: Danke, Herr Pernauer, wenn wir Sie nicht hätten! – Im Auftrag des Landeshauptmanns korrespondierte er mit großen Namen des Fachgebiets, sagte wie selbstverständlich: Guten Tag, Herr Professor Popper! – Und wenige Tage später schon launig: Hallo, Niki!

„Nanu, was will der?“, murmelte Dietrich, als er auf dem Display Hänsels Namen leuchten sah. „Hallo? Hans-Werner?“

Ja, Hans-Werner. Eine Bitte habe er, groß und schwer, ob er vielleicht noch einmal im Wutscherhäusl …

Dietrich war zwar überrascht, fragte aber nicht lange nach Grund und Zweck, sagte spontan: Ja, klar, selbstverständlich … Eines nur: Hannelore werde er informieren, denn sie sei jetzt die Besitzerin des Hauses. Das sei wahrscheinlich nur Formsache … Hans-Werner und Hannelore hätten ja einander kennengelernt – und ja, Hans-Werner sei ihr sympathisch gewesen. – Beruht auf Gegenseitigkeit? Tatsächlich? Na, umso schöner!

„Wie komm ich ins Haus hinein?“, fragte Hänsel, und Dietrich, den ein kleines Virus so heiter, zufrieden, selbstbewusst und großzügig machte, verriet Hänsel das leere Holzfass, in dem der Hausschlüssel versteckt war.

28
Pünktlich zur Sommersonnenwende kam der Bagger

Joachim trug die Getränke in Hildegards Keller. Birgit räumte die Kühlwaren ein, verstaute andere Lebensmittel auf Regalen und füllte den Seifenspender nach.

„Ab nächster Woche kaufe ich wieder selbst ein", sagte Hildegard, senkte quasi beleidigt den Kopf und fixierte eine Tomatendose, die auf dem Tisch zurückgeblieben war.

„*Mutti* ist ein blöder Name für eine Tomatendose, ganz unpassend."

„Das ist wahrscheinlich der Firmenname."

„Ab nächster Woche kaufe ich wieder selbst ein."

„Wie du willst", sagte Birgit, „das Schlimmste haben wir hinter uns. Nach dem 1. Mai sind wieder alle Geschäfte geöffnet. Dann kann ich mit dir zum Friseur gehen."

„Ich kann allein zum Friseur gehen."

„Gut, dann gehst du eben allein zum Friseur."

„Eine Maske setze ich aber nicht auf."

„Du musst eine Maske tragen."

„Reingard sagt, ich muss keine Maske tragen."

„Reingard redet Unsinn. Wie immer."

„Du redest Unsinn. Willst dich nur wichtigmachen."

„Frag deinen Sohn Joachim. Er ist Jurist. Ihm wirst du wohl glauben. Oder redet Joachim auch Unsinn?"

„Was ich weiß, das weiß ich", blaffte Hildegard und fixierte immer noch die Tomatendose mit dem unpassenden Namen.

Birgit fiel es nicht leicht zu schweigen, aber sie schwieg. Gespräche mit der Schwiegermutter waren nie einfach gewesen, aber seit einem halben Jahr wurden sie mühsam, forderten Geduld und Nachsicht. Hatte Hildegard einmal ein Urteil gefällt, eine Meinung zu ihrer eigenen erklärt, dann hielt sie unbeirrbar daran fest. Wäre sie aufgrund eines seltsamen Zufalls einmal zur Überzeugung gekommen, die Erde hätte die Form einer Knackwurst, dann hätten sie die weltbesten Astronomen davon nicht abgebracht. Die Astronomie, die weiß auch nicht immer alles, hätte sie gesagt und trotzig den nächstbesten Gegenstand fixiert.

Mehr als mit der Astronomie hielt es Hildegard seit jeher mit der Astrologie. Astrologie und Vererbung. Sterne und Gene. Leben ist Schicksal, der Charakter angeboren. Am Beispiel ihrer fünf Kinder demonstrierte Hildegard ihre bioesoterische Daseinsformel. Reinhard ist von Natur aus gut, zu gut, daher leicht verführbar, und er hat immer Pech. Hielt man ihr entgegen, dass Reinhard mit Rebekka eine ganze Menge Glück hat, schwieg sie trotzig und fixierte den nächstbesten Gegenstand.

Dietrich ist als Sonderling auf die Welt gekommen und ein solcher geblieben. Keine Überraschung! Krebsgeborene sind eben Sonderlinge, die sich vor der Welt zurückziehen – und die ungünstigen Erbanlagen von Harald hat er leider auch. Dietrich ist überhaupt der zweite Harald. So wie Reingard die zweite Traudl ist, die Tante Traudl, ihr erinnert euch doch, genial und phantasievoll, aber wankelmütig und unausgeglichen. Joachim wiederum ist der zweite Otto und der dritte Sepp. Er hat das heldische Wesen von seinem Vater Otto geerbt, der es wiederum von seinem Vater hat, dem Sepp. Außerdem: Sonnenstand Löwe, Aszendent Stier. Das macht hart, mutig und gerecht.

„Deshalb bist du Jurist geworden, Joachim", sagte Hildegard.

„Und Hannelore?", fragte Birgit.

„Oje! Eine ganz schwierige Mars-Pluto-Saturn-Konstellation! Rechthaberisch, selbstherrlich und stur, aber eine Persönlichkeit! Ganz der Onkel Heinz!"

„Sei nicht ungerecht", sagte Joachim zu Hildegard, „Hannelore hat für dich und die Familie das Wutscherhäusl gerettet. Wir kennen unsere große Schwester auch als konziliante und empathische Frau."

„Da geht es ihr sicher auch um die Macht", brummte Hildegard und fixierte ein Wasserglas. „Wer weiß, was da noch auf uns zukommt!"

Joachim schwieg, weil er befürchtete, dass Hildegards irrationale Ahnung mehr Wahrheitsgehalt haben könnte, als sie verdiente. Der Verkauf des Wutscherhäusls war auf Hannelores Wunsch so zügig wie möglich über österreichische und amerikanische Schreibtische gegangen. Es gäbe nicht viel zu klären, sagte sie, Verkauf sei Verkauf. Kein Wohn- und Nutzungsrecht für die Familie. Kein Mitsprachrecht bei möglicher Nutzungsänderung oder Veräußerung. Hannelore war die bedingungslose Übernahme des Wutscherhäusls eine sehr solide Summe wert gewesen. Joachim ahnte unangenehme Überraschungen, sprach aber seine Ahnung nicht aus. Mutti hatte zwar geseufzt, aber keine Fragen gestellt und den Kaufvertrag unterschrieben, Dietrich und er selbst sowieso. Die anderen ging die Sache nichts an, rein rechtlich betrachtet.

„Die Hauptsache ist, dass alles bleiben kann, wie es ist und wie es immer war", sagte Hildegard. „Das sind wir Vati, Opa und Onkel Heinz schuldig. Familie Pernauer ohne Wutscherhäusl, das gibt es gar nicht. Das wäre doch das Ende von allem."

Joachim und Birgit fiel die unangenehme Aufgabe zu, Hildegard mitzuteilen, dass in diesem Jahr – wohlgemerkt, Mutti, nur in *diesem* Jahr! – die Sommersonnenwende nicht im Wutscherhäusl gefeiert werden kann. Nein, nicht wegen Corona, sondern wegen der Sanierungsarbeiten. Das wäre viel zu gefährlich, vor allem für die Kinder.

Hildegard war zwar enttäuscht, ließ sich aber trösten, erstens mit der Aussicht auf ein saniertes Wutscherhäusl in neuem Glanz, zweitens mit einem Ersatzfest im Garten von Birgit und Joachim. Alles wie immer: Sonnwendfeuer, Grillkotelett, Kartoffelsalat, Fassbier, Festrede, Lederhose und Dirndl.

So wurde es versprochen und so wurde es gehalten und alle waren sie wieder da, an diesem 21. Juni. Als Letzte erschien naturgemäß Reingard, diesmal in zauberhaften Blautönen und in Begleitung eines unbekannten Überraschungsgastes, den sie als Magister Wieland, pensionierter Sparkassendirektor aus dem Lungau, vorstellte und damit in die Familie einführte.

„Ich bin der Martin“, sagte Magister Wieland. Als Zweitältestem stand es ihm zu, das Du-Wort anzubieten.

Reingard schwebte, die Arme auch diesmal wieder ausgebreitet, das Lächeln auch heuer wieder aufgezuckert, auf ihre Familienmitglieder zu, blickte einem jeden gütig in die Augen und hauchte seelenvoll: Mutti ... Joachim ... Rebekka ... Reinhard ..., doch plötzlich stockte sie: Wo ist denn der Dietrich?

„Ja, genau, wo bleibt denn der Dietrich? Ist er schon wieder im Rückwärtsgang unterwegs?“, sagte Hildegard.

„Dietrich kommt etwas später …“, erklärte Joachim, „die … die … äh … Sanierungsarbeiten beim Wutscherhäusl. Dietrich schaut dort ein bisschen nach dem Rechten.“

„Ach so, Dietrich macht die Bauaufsicht,“ sagte Hildegard.

„Ja … eine Art Bauaufsicht, so könnte man sagen …“

„Das ist nett von ihm. Und wichtig! Die Arbeiter kann man heutzutage nicht mehr sich selbst überlassen, sind ja lauter Ausländer.“

Joachim schaute Birgit verschwörerisch an und flüsterte ihr zu: „Wir können ihr unmöglich die Wahrheit sagen.“

„Heute natürlich nicht“, erwiderte Birgit, „aber irgendwann wird es nicht zu verhindern sein.“

Die Wahrheit war, dass Hannelore ihre erste Idee, aus dem Wutscherhäusl ein Asylantenheim zu machen, aufgrund einer ernüchternden Machbarkeitsstudie aufgegeben hatte. Der Umbau wäre aufwendig gewesen, das Ergebnis unbefriedigend. Bürgermeister und Gemeinderat waren dem Vorhaben distanziert gegenübergestanden, manche geradezu feindselig. Mit der von Hannelore vorgeschlagenen Alternative hingegen waren alle glücklich. Eine Deponie für Biomüll fand in umweltbewegter Zeit allemal verlässliche Mehrheiten. Ökonomie und Ökologie in trauter Eintracht. Das Areal war groß genug, auch weit genug entfernt von den nächsten Häusern. Geruchsbelästigung war hier kein Thema.

Für das Wutscherhäusl hieß das freilich: Abriss. Abbruch. Ende. Aus die Maus. Erde zu Erde, Staub zu Staub. Hannelore war zufrieden und kontaktierte Dietrich.

„Ich brauch jemanden, der sich vor Ort um alles kümmert, zuerst um den Abbruch, vielleicht auch um den Aufbau der Deponie. Wir werden das Projekt selbst in der Hand behalten, als Privatunternehmen. Sag, Dietrich, könntest du das übernehmen?"

Dietrich konnte nicht, konnte keinesfalls, hatte keine Ressourcen, war völlig ausgelastet und ganz glücklich mit Modellrechnung und Wahrscheinlichkeit. Daran wird sich auch nichts ändern. Die Leute machten sich Illusionen. Diese Pandemie war nicht vorbei. Spätestens im Oktober wird die Welt Probleme haben, von denen sie heute noch nichts wissen will.

„Ich selbst habe jetzt für so eine Aufgabe unmöglich Zeit", sagte er zu Hannelore, „mir fällt aber jemand ein, mein Freund Hans-Werner Hänsel. Du hast ihn kennengelernt, als du das Wutscherhäusl besichtigt hast. Erinnert du dich?"

„Ja, allerdings, das war eine nette Begegnung. Erzähl mir mehr von diesem Menschen."

Dietrich erzählte die Geschichte von Hänsel und Gretel, von *MeToo* und den Folgen, vom Ende einer politischen Karriere, ausführlich von Hänsels offenem Brief, den er mutig und ehrenhaft nannte.

Hannelore hörte mit wachsendem Interesse zu und war überzeugt: „Der Mann gefällt mir, Dietrich. Meinst du, er macht das für uns?"

„Ich weiß es nicht, aber ich kann ihn fragen."

„Frag ihn, wir machen ihm ein großzügiges Angebot."

Hans-Werner Hänsel, ausgemustert aus den Kohorten der sozialistischen Weltbewegung, nahm das Angebot ohne Zögern an, und pünktlich zur Sommersonnenwende kam, angeliefert von einem Tieflader, der Bagger mit schwerem Gerät. So war es mit Hannelore vereinbart worden: *pünktlich zur Sommersonnenwende*!

„Der Termin ist mir wichtig", hatte sie mit bösem Begleitlachen gesagt, „wissen Sie, Herr Hänsel, in der traditionsbewussten Familie Pernauer respektiert man rituelle Ordnungen."

Hänsel hatte für die Vorarbeiten gesorgt, hatte, was noch brauchbar war im Wutscherhäusl, der Volkshilfe übergeben, das restliche Gerümpel einer Räumungsfirma. Jetzt stand er, professionell gestiefelt, den Filzhut in den Nacken geschoben, die Zigarette in den Mundwinkel gelehnt, die Fäuste in die Hüften gestemmt, wie ein Feldherr auf einem Erdhügel und beobachtete Dietrich, der wie ein abenteuerlustiger Kriegsfotograf von Schauplatz zu

Schauplatz wieselte, von Motiv zu Motiv. Brechender Dachstuhl, stürzende Mauern, wachsende Schutthalden. Erde zu Erde. Staub zu Staub.

„Erledigt“, sagte Dietrich und drückte auf den Auslöser, als der letzte Lastwagen mit Bauschutt im Wald verschwand.

„Und? Hast du gute Fotos gemacht?“, fragte Hänsel.

„Oja“, antwortete Dietrich, „die eignen sich für das eine oder andere Puzzle.“

„Aha! Weihnachtsgeschenke für die Familie!“

Sie grinsten böse.

„Und? Wie wär's nach getaner Tat mit einem proletarischen Bier, Genosse Diederich?“, fragte Hänsel.

„Jawoll, Kamerad Hänsel“, erwiderte Dietrich, indem er Hitler imitierte, „wenn der Hopfen aus heimatlicher Scholle stammt.“

Sie lachten, als spielten sie einen beliebten Komödienschluss.

IM HEIZHAUS DER SOZIALEN WÄRME

Essay | 208 Seiten
€ 23,–
(E-Book: € 19,–)
ISBN
978-3-7013-1278-8

In seinem politischen Essay geht der Autor der Frage nach, wie es dazu kommen konnte, dass der Linksliberalismus heute in einer existenziellen Krise steckt. Er denkt über mögliche Ursachen, Irrtümer und Fehler nach und tut dies im besten Sinne der Aufklärung: als vernunftbasierte Kritik, die Andersdenkende respektiert, rational argumentiert und alles Ideologische von sich weist.

LÜGENVATERS KINDER

Roman | 276 Seiten
€ 24,–
(E-Book: € 20,–)
ISBN
978-3-7013-1268-9

„Lügenvaters Kinder" ist ein wunderbar ironischer und raffinierter Roman über das alte Spiel von Wahrheit und Lüge, denn: Wo endet die Wahrheit, wo beginnt die Lüge? Bei der kleinen Angeberei? Beim Verbreiten eines Gerüchts? Vielleicht schon beim bloßen Schweigen – oder doch erst, wenn vorsätzliche Irreführung und betrügerische Absichten ins Spiel kommen? Und was ist mit den Belogenen? Sind nicht auch sie Liebhaber der Lüge, solange diese ihre Wünsche bedient?

WO DIE FAHRT ZU ENDE GEHT

Roman | 271 Seiten
€ 24,–
(E-Book: € 20,–)
ISBN
978-3-7013-1231-3

Im studentischen Umfeld der 70er Jahre bahnt sich eine verquere Liebesbeziehung zwischen Dora und Hannes an. Nach mehr als dreißig Jahren kommt es zur unerwarteten Wiederbegegnung, die viele Erinnerungen an die Oberfläche schwemmt und plötzlich stehen beide nach einem sanften Aufglühen ihrer gemeinsamen Geschichte abermals Hindernissen, Verwirrungen und offenen Fragen über bislang unbekannte Bedürfnisse gegenüber.